남극 산책

최영미

1970년 12월 31일 강원도 양구에서 태어났다. 초등학교 교사이던 아버지를 따라 자주 이사를 다니며 강원도 시골에서 어린 시절을 보냈다. 고등학교에 입학하면서 춘천에 정착을 하였고 그곳에서 대학생활과 인턴, 레지던트 과정을 마쳤다. 응급의학과 전문의가 되어 대전, 부천, 서울, 거제도, 인천, 경기 시흥, 제주 서귀포시, 제주시에서 직장 생활을 하다가 2020년 여름 남극세종과학기지 의료대원에 지원을 하였다. 그해 10월 아라온호를 타고 남극세종기지에 갔다가 다음해인 2021년 12월 귀국을 했다. 현재는 시흥시의 종합병원 응급센터에 근무 중이다.

거친 여행, 힘든 운동, 그리고 도수가 높은 맥주를 즐긴다. 한때는 스쿠버다이빙의 매력에 빠져 자격증을 취득하기도 했다.

2012년 2월 타이항공 기내에서 크룹으로 숨을 쉬지 못하던 6살 아들을 응급처치로 구하고, 2014년 5월 세월호 침몰현장 바지선에서 잠수부 의료지원을 하던 중 희생자를 건져올리고 수습하는 과정을 지켜보면서, 앞으로는 응급의학과 의사로서 할 수 있는 일을 다 해보자고 결심했다. 진주보건대 한가람봉사단과 함께 라오스와 몽골, 다일공동체와 함께 필리핀, 캄보디아, 네팔에서 의료봉사를 했고, 2014년 12월에는 대한민국 긴급구호대 일원으로 에볼라 바이러스의 진원지인 서아프리카 시에라리온에서 이탈리아 NGO 단체인 EMERGENCY와 함께 에볼라 양성 환자를 돌보았다.

고등학생인 두 자녀를 두고 있다.

너 무 멀 리 가 는 건 여 행 이 아 닐 지 도 몰 라

남극
산책

최영미

마레책방

광양항에서
함께 아라온호에 오른
83명에게

"왜 남극에 가려고 하니?"

1

남극에 가는 일은 '여행'일까? 익숙한 공간과 친밀한 사람들, 내가 늘 하던 일에서 벗어난다는 것은 여행과 다르지 않지만 분명 남극은 특별한 곳이고, 위험할 수도 있는 곳이니 말이다. 지구상에서 가장 추운 곳, 대륙의 대부분이 두꺼운 얼음으로 덮여 있고 사막처럼 건조한 곳, 초록 잎이 달린 나무 한 그루 없는 곳이 남극이다. 17명의 대원들이 한정된 공간에서 지내면서 거주하는 데 필요한 모든 일, 즉 음식을 만들고, 발전기를 돌려 전기와 온수를 공급하고, 한국이나 이웃기지와 통신이 잘 되게 하고, 건물의 망가진 문짝을 고치고, 냉동고에 식품을 저장하고, 막힌 배수구를 뚫어주고, 다친 허리를 치료해주는, 이 모든 일을 다 해내야 하는 곳이 남극이다. 한 번도 가보지 않은 땅, 아무나 들어갈 수 없는 대륙, 코로나 시국으로 비행기조차 타지 못하고 배를 타고 가야 하

는 곳, 보트로 30분 거리에 있는 타국 기지와 왕래조차 할
수 없는 고립된 곳이 남극이다. 그래서 남극 세종과학기지
에 간다는 것은 나에게 여행이라기보다 '모험'에 가까웠다.

2

　나는 남극에 가기로 확정된 후에도 매순간 나에게 물었다.
'왜 남극에 가려고 하니?' '어떤 곳이라는 걸 알잖아. 배를 타
기 전 보름간 격리생활을 해야 하고, 배를 타고 바다 위에서
두 달 반을 지내야 한다는 걸 알면서 왜 남극에 가려고 하니?'
반복되는 물음에 대한 답은 단순했다. 궁금하니까, 갈 수 있
는 자격이 되니까. 좋다. 인정한다. 그동안 난 궁금하고 자
격이 되어서 이곳저곳 다녀보았기 때문이다. 진주에 있
는 보건대 봉사단과 함께 라오스와 몽골로, 지인들과 필
리핀 빈민촌으로 의료봉사를 다녀왔고, 에볼라 바이러스
가 창궐하던 서아프리카로, 대지진으로 폐허가 된 네팔로,
세월호 침몰 현장으로 가방을 짊어지고 헤매왔던 것이다.
그런데 이번엔 왜 남극일까? 3박 4일도, 10박 12일도, 한 달
반도 아닌 15개월이나 걸리는 곳으로 난 왜 떠나려고 하는
것일까? 나도 궁금했다. 그래서 또 다른 이유를 찾기 위해 나
의 내면 속으로 조금씩 조금씩 걸어 내려갔다. 어두운 '내면

의 공간'에서 나는 스스로에게 조용히 질문을 던졌다. "너, 왜 남극에 가려고 하니?"

3

고요하고 적막한 곳을 찾아가고 싶었다. 밤낮으로 도로 위를 달리는 차들과 오토바이 소음, 도시를 가로지르는 앰뷸런스 소리가 없는 곳, 도심을 걷는 동안 가게마다 거리로 쏟아내는 음악의 소음이 없는 곳, 자신의 목소리를 더 높이기 위해 입술에 확성기를 바짝 붙이고 질러대는 소리가 없는 곳, 휴대폰 벨소리와 대화하는 큰 목소리, 대중교통의 왁자지껄함, 육체와 정신을 피로하게 하는 소음이 없는 곳에 가보고 싶었다. 나는 고요함을 그리워한다. 유년시절 철원 외할머니 댁 마루에 앉아 쏟아지는 빗줄기를 하염없이 바라보고, 또 처마 밑으로 떨어지는 굵은 물방울이 바닥에 고인 물을 때리는 모습을 바라보던 때가 떠오른다. 빗소리와 어른들이 도란도란 나누던 낮은 목소리만이 비에 섞여 들리던 고요함을 나는 갈망한다. 어떤 인위적인 고음도, 다급한 소리도, 외치는 소리도 없는 고요함 말이다. 그런 고요함 속에서 천천히 오랫동안 관찰할 수 있는 집중력과 내적인 평온함을 가질 수 있는 곳이 나는 남극일 거라 생각했다. 거센 동풍이 건물을 뒤흔드는 한

이 있어도 그것은 결코 '소음'이 아닌 것이다. 어쩌면 그 속에서 사람의 마음은 더 평온하거나 내면세계로 더 깊게 침잠할 수도 있는 것이다. 나는 어린 시절 경험한 고요함을 찾고 있는 것이고, 남극이 이런 고요함을 줄 수 있는 마지막 장소일지도 모른다고 생각했던 것이다.

4

이유를 하나 더 덧붙인다면, 나는 '떠난다'는 것의 의미를 제대로 알고 싶었다. 잠시 여행을 가는 것이 아니라 어딘가 아주 오래 떠날 때, 내가 어떤 것들을 정리해야 하는지, 아니 정리가 잘될지 궁금했다. '오랜 기간 집을 떠날 때 내 현실을 잘 정리하고 갈 수 있을까?' 궁금했던 것이다. 자신의 행동반경에서 떠날 때 자신을 옭아매고 있는 거미줄 같은 여러 갈래의 얽히고설킨 그물을 발견할 수 있다. 남편과 딸, 아들 그리고 제주에 직장이 있고, 집과 차와 보험과 대출에 얽혀 있고, 관리비와 학원비를 꼬박꼬박 내야 하는 현실에서 탈출이 가능할까? 나는 혹시 이런 것들에서 탈출할 수 없는 상태로 살고 있으면서도 그것을 모르고 있는 것은 아닐까? 사실 그것들은 나를 옭아매고만 있는 것은 아니다. 나에게 즐거움도 주고 있다. 결국은 내가 그런 '소소한 인생의 즐거움도 포기할 수 있는가, 행복을 털어내고 떠날 수 있는가' 하는 질문도 될 수 있는 것이다. 또한 활짝 열어젖힌 아파트 창문 밖에서 들려오는 까마귀 울음소리와 참새의 경쾌한 지저귐이 없는 아침을 행복한 마음으로 맞이할 수 있을까? 올레길 걷던 제주 하늘의 찬란한 태양 없이 살아갈 수 있을까? 아침에 커피를 마시며 책을 읽던 카페의 큰 유리창 앞 나의 자리를 포기하고 떠날 수 있겠는가? 새벽에 걷던 푸른 한강공원, 도시 아파트 단지 위로 떠오르는 태양을 그리워하지 않을 수 있겠는가? 나는 고요함을 찾아 떠나 이 모든 것들 없이 잘 지낼 수 있을까?

5

집 떠나던 날 아침, 나는 출근하는 남편과 학교에 가는 아들의 모습을 보고, 화상수업 준비하던 딸과 이별한 후 차를 몰고 전라남도 광주로 향했다. 난 하룻밤 광주에 머물며 혼자 조용히 마음의 준비를 했다.

다음 날 오전에 화순의 격리장소로 출발해 리조트에 도착했다. 주차장의 차 안에서 대기하고 있다가 리조트에서 기다리고 있던 극지연구소 직원의 안내를 받아 객실로 들어갔다. 난 방에 들어가자마자 공간을 둘러보았다. 거실, 방 두 개,

주방 등 한 가족이 여행을 와도 안락할 만큼 넓은 시설이었다. 거실 베란다를 통해 보이는 풍경은 나지막한 산이 전부였지만, 베란다에서 오른쪽으로 시원하고 멋진 풍광이 보였다. 도로 너머에는 구불구불 느긋하게 휘어져 흐르는 강이 있고, 곡식이 누렇게 익어가는 논이 강 양쪽으로 넓게 펼쳐져 있었다. 논 뒤로는 산이 중첩되면서 멀리까지 이어졌고, 강둑 옆으로는 강의 곡선을 따라 길이 이어져 있었다. 베란다는 북쪽을 향해 있어 객실 안으로 햇빛이 들지는 않았지만, 아침부터 늦은 오후까지 태양이 나지막한 산에 쏟아부은 찬란한 가을빛은 그 반사되는 빛만으로도 충분히 내 눈을 부시게 만들었다.

6

보름 동안 자가격리를 하면서 코로나 검사를 두 번 받았다. 함께 격리되어 있던 우리 세종기지 대원들뿐만 아니라 장보고기지 대원들, 케이루트 대원들, 아라온호 승조원들 그리고 하계연구원들 모두 음성인 것을 확인했다. 난 결과를 듣고 너무 기뻤다. 단 한 사람도 낙오되지 않고 한 배를 타고 목적지를 향해 출발할 수 있게 된 것이다. 어쩌면 우리는 격리 장소에서 이미 한 배에 오른 것이나 마찬가지였다. 하나의 목표를 가지고 있다는 것, 같은 배를 타고 출발한다는 것, 함께 망망대해를 가르고, 태풍을 만나고, 파도를 극복해야 한다는 사실이 아직 얼굴과 이름도 잘 알지 못하는 많은 이들을 나와 연결해주는 것 같았다.

　그런데 이 보름간의 격리는 나에게 그런 의미만 있었을까? 나에게 '기회'를 주고 있었던 것은 아닐까? '혹시 너 남극 갈 자신 없니? 집에 남겨둔 아이들이 마음에 걸려? 파도에 흔들리는 배를 타고 두 달 반을 갈 자신이 점점 없어진다고? 그럼 다시 잘 생각해 봐. 아직 보름간의 시간이 남아 있잖아. 네 계획을 되돌릴 수 있어. 리조트 주차장에 아직 네 자동차도 있잖아. 도망가!'

최 영 미

|차례|

2부 : 남극살이

1부 항해

1. 물 위의 집

하루 종일 흔들린다. 물론 땅과는 차원이 다를 거라고 예상했지만 바닥과 천장이 통째로 움직이니 내 마음도 흔들린다. '내가 왜 안정된 땅 위의 생활을 버리고 이 길을 택했을까. 아침에 한강공원 조깅도 하고, 오전에 카페에서 우아하게 커피를 마시고, 마트에 가서 장을 보기도 했지. 근무하는 날에는 김포공항에 가서 비행기를 타고 제주로 날아가 근무하고, 쉬는 날에는 올레길을 걸었지. 아, 올레길을 걸을 때 태양은 얼마나 찬란했던가. 그 좋은 것들을 버리고 난 이 고생을 하고 있구나.' 나는 두꺼운 유리로 된 네모진 창을 바라본다. 수평선이 창문 중간쯤 올라갔다가 내려가기를 반복한다. 폭이 점점 커지고 오르락내리락하는 속도도 빨라지고 있다. 배의 흔들림은 박자가 잘 맞다가 불쑥불쑥 엇박자가 된다. 그럴 때면 심장의 리듬이 깨지는 것 같다. 책상 위 책들은 좌우로 받쳐둔 2리터 페트병의 움직임에 따라 왼쪽으로, 오른쪽으로 흔들리다가 페트병이 바닥에 떨어지자 한쪽으로 와르르 쏠린다. 책상 아래 바짝 밀어 끼워둔 의자는 어느새 앞으로 빠지더니 방 안을 굴러다닌다. 욕실에서는 양치 컵과 칫솔 부딪히는 소리가 요란하다. 배가 광양항을 출발한 지 이틀 만에 고난을 만날 줄이야. 아직 '항해'라는 단어도, 배에서의 생활도 익숙하지 않은데 말이다. 물건들을 정돈하고 잠시 책상 앞에 앉는다. 무엇을 해야 이 흔들림을 잠시 잊을 수 있을까. '아, 그래! 남극생활을 끝내고 한국에 돌아가 무엇을 할지 생각해보자.' '내년 12월에 귀국하면 꼭 북유럽 일주를 해보는 거야. 핀란드로 가서 유람선을 타고 노르웨이로 가는 거야. 차를 렌트해 내 꿈에 그리던 로포텐으로 가자. 미리 숙소를 예약해두어야지. 로포텐에서 차를 몰고 마트에 가서 장을 봐 오는 거야. 음식하고, 산책하고, 글 쓰고, 그림도 그리자. 조용하고, 아름답고, 사람이 많지 않은 곳이라 집중도 잘되겠지. 틈틈이 노르웨이어도 공부하면서 동네 사람들에게 말도 걸어봐야지.' 공상에 빠져 즐거움을 유도해보지만 즐거움이란 쉽사리 끌려 나오는 성질의 것이 아니기에 다시 배의 흔들림에 나의 모든 감각이 집중된다.

2

나는 좁은 방에 있는 것보다는 넓은 곳이 나을까 싶어 식당으로 향한다. 계단을 내려가는데 생각보다 균형이 잘 안 잡힌다. 벽에 "쿵" 하고 어깨를 부딪치고 혼자 민망해하며 손잡이를 꽉 붙들고 천천히 내려간다. 식당에 들어간 후 컵에 인스턴트 커피 한 봉지를 넣고, 뜨거운 물을 붓고 창가 자리로 가서 앉는다. 식당은 내 방보다 두 층 아래에 있어 흔들리는 느낌은 덜하지만 배의 밑바닥으로 너울이 치며 휩쓸고 지나가는 묘한 느낌이 바닥을 통해 발로 전해진다. 왼쪽 창문을 바라본다. 수평선이 보이는 게 아니라 이제는 수면이 보인다. 너울이 쳐 배가 기울어지면 유리창이 잠시 물속에 잠겼다 빠져나온다. 그럴 때면 식당 유리창이 수족관 유리벽처럼 물만 보인다. 나는 마음이 편치 않아 컵을 들고 내 방으로 올라온 후 두꺼운 철문을 열고 밖으로 나간다. 난간을 붙잡고 바다를 바라본다. 하늘에는 구름이 가득하다. 두꺼운 구름 아래 바다는 잿빛을 띠고 있는데, 배가 앞으로 나아가며 양쪽으로 갈라진 바다는 밝은 옥색 빛깔로 변한다. 큰 너울이 위로 치솟다가 아래로 떨어진다. 너울이 점점 배에 가까이 다가와 배를 위로 들어 올렸다가 툭 떨어뜨리기를 반복하는데, 배가 올라갈 때에는 내가 서 있는 곳이 위로 번쩍 들렸다가 떨어질 때는 바다를 마주보듯 기울어지며 물속에 잠긴다. 그러면서 큰 거품을 토해낸다. 배가 뿜어낸 거품은 거센 바람에 작은 물방울로 부서지면서 요란한 소리를 낸다. 배가 요란하게 흔들려도 망망대해 한가운데여서 기수를 돌려 출발했던 항구로 돌아갈 수도 없다. 우리가 목표로 하는 곳, 아니 잠시 정박하는 항구에 도착할 때까지 무조건 견뎌야 한다. 사방을 둘러봐도 의지할 곳 하나 없다. 오직 바다, 바다뿐이다. 하지만 우리 배를 졸졸 따라다니는 갈매기들은 이 상황을 즐기고 있는 듯하다. 거센 바람, 비, 파도가 휘몰아쳐도 갈매기들은 늘 똑같은 모습으로 날고 있다. 갈매기들도 피곤하면 배 꼭대기 발을 오므리기 편한 곳에, 아니면 파도치는 바다 위에서 날개를 접고 잠시 휴식을 취할 것이다. 그러면서 녀석들은 빨간색 배의 난간을 붙잡고 근심스런 눈빛으로 바다 한 번, 하늘 한 번 쳐다보는 나를 재미있다고 쳐다보겠지?

3

이제 막 시작한 항해에서 잘 지내기 위해서는 이 무시무시한 너울을 어떻게든 내 편으로 만들어야 하지 않을까? 태양을 집어삼키고 바다마저 어둡게 만드는 저 구름을 나의 동반자로 삼아야 하지 않을까? 폭풍에도 아랑곳없이 여유롭게 날며 나를 놀리는 갈매기들에게 짜증낼 게 아니라 마음의 여유를 가져야 하지 않을까? 그렇다. 이 흔들림, 어두움, 요란함. 어느 것도 나와 이질적인 것이 아니다. 나와 대적하는 것이 아니라 그냥 '자연스러운' 것들이다. 이들은 늘 여기에 그 모습 그대로 있어 왔다. 이곳에 밀고 들어온 것은 우리 배이고, 그 배에 올라탄 건 나이다. 어쩌면 멀미라는 것도 낯설음에 대한 거부감 때문이 아닐까? 배는 바다 환경에 맞추어 자연스럽게 움직이고 있을 뿐이다. '이건 내가 살던 환경하고 너무 다르잖아!', '태풍이 왜 이리로 지나가고 있는 거지?', '왜 흔들림이 엇박자냐고!' 하면서 이 상황을 받아들이지 못하고 불평하는 것은 나다. 그래서 내가 고통스러운 것이다. 겁나고 답답하며 속도 불편하지만 있는 그대로 받아들여야 한다. 그래야 앞으로 만날 모든 아름다운 하늘, 바다, 수평선, 구름, 태양, 노을, 비, 너울, 파도, 햇살, 달, 별, 은하수, 갈매기, 바람, 섬, 유빙 속에서 경의에 찬 섬세하고 부드러운 자세로 머물 수 있는 것이다.

2. 잃어버린 10년

1

배에 오른 지 얼마 지나지 않아 결혼 17주년을 맞았다. 나는 '조금 더 미안해야 할' 위치라고 생각해 겸손한 마음으로 남편에게 축하 메시지를 보냈다. 한국에 함께 있을 때보다 좀 더 신경을 썼다. 줄 노트에 초를 꽂은 케이크를 그리고 축하 메시지를 쓴 후 사진을 찍어 요란법석 떠는 이모티콘과 함께 우리 가족 단톡방에 올렸다. 남편은 '눈이 휘둥그래'진 이모티콘을 보냈고, 이렇게 우리의 결혼 17주년 행사는 끝이 났다.

나의 결혼은 도전처럼 감행한 결혼이다. "혼자 살겠노라"

고 큰소리치자마자 정반대로 감행한 삶의 '반역'과도 같은 사건이다. 만난 지 3개월 만에 서로를 너무도 모르는 상태에서 결혼해 함께 살면서 우리의 갈등은 깊어져 갔다. 그 시간은 참으로 길었다. 한 집에 살다가 두 집으로, 다시 한 집으로 '헤쳐 모이는' 일이 벌어졌다. 서로 '다른 집'에 살던 두 성인이 다시 한 가정을 꾸리는 진정한 결혼이 시작되기까지 10년이 걸렸다. 나는 이 기간을 '잃어버린 10년'이라 불렀다. 버려진 시간, 소모된 젊음, 낭비한 돈 등 기억하고 싶지 않은 과거이다.

좌우로 흔들리는 선실에 앉아 잠시 생각에 잠긴다. 나는 정말 10년을 잃어버린 걸까? 처음으로 의문을 던져본다. 이런 게 '사고思考의 전환'일까. 어쨌든 마음을 좀 더 활짝 열고 내가 과연 '잃어버렸다'는 증거를 댈 수 있는지 돌아보기로 했다. '나는 어떤 사람이었는데 결혼 때문에 지금 이 꼴이고, 결혼을 안 했다면 저랬을 텐데' 하는 증거가 있어야 내가 10년을 잃어버렸다고 말할 수 있지 않을까.

2

결혼하고 나서 뭘 '잃어버릴' 수 있을까. 결혼에 한정된 '잃어버린다'는 의미를 좀 더 풀어 써본다. 존재(의 의미)가 사라지거나 폐기됨, 계획의 물거품, 가지고 있던 것을 빼앗김, 내 것이 될 가능성이 충분했던 어떤 것을 놓쳐버림, 장점이 나빠지거나 약화되거나, 쓸모없어지거나 단점이 되어버림으로 표현할 수 있겠다. 여기에 '10년'을 추가하고 내 주장이니 소유격을 명확하게 해서 '나의 잃어버린 10년'을 다시 풀어 설명하면, '갈등하며 사느라 감정과 에너지가 소모된 10년'이다. 조금 긍정적인 단어를 써서 표현하면, '결혼하지 않고 내 기질을 존중하며 재능을 발휘해 살았다면 더 위대한 일을 해낼 수도 있는 10년'이다. 또 '결혼으로 인해 내가 가지고 있던 삶의 이상과 전혀 다른 삶을 살거나 이상을 실현하는 데 제한 받은 10년'이다. 그렇다. 난 지금까지도 마음속으로 '위대할 뻔한 10년'을 아까워하고 그리워하며 지내고 있는 것이다.

두 언니 덕분에 순번에서 밀려 부모의 관심으로부터 자유롭게 성장한 나는 누군가 나를 강제하는 것을 싫어했다. 경쟁의 무리 속에서 치열하게 있는 것보다 살짝 궤도에서 벗어나 여유를 즐겼다. 그러면서 친구를 만들고, 공부하고, 그림 그리고 표어를 지어 상을 타고, 집 안 청소를 하고, 남동생과 싸웠다.

대학시절에 '여행'의 맛을 알게 되었다. 의사가 되어서는 카드빚을 내어 혼자 떠났다. 여행을 다녀와 몇 달 동안 빚을 갚는 데 매여 지내다가 다 갚고 나면 또 다른 여행을 꿈꿨다. 함께 일하던 간호사들과 김치찜에 소주 한 잔을 즐기고, 나이트에 가고, 안개 가득한 의암호 어귀에 늘어선 포장마차에서 친구들과 수다를 떨었다. 전문의가 되고 맞은 첫 여름, 삿포로 맥주 축제장 둥근 테이블에 큰언니와 마주 보고 앉아 잔을 높이 들어 올리며 "결혼은 없다! 솔로를 위하여!"라고 외친 그 울림이 삿포로 상공에서 채 가시기도 전에 나는 결혼 행진곡이 울려 퍼지는 홀 안 붉은 카펫을 밟으며 아빠의 손을 잡고 걸었다.

3

속전속결로 감행한 결혼 후 골치 아픈 이야기가 줄을 이으며 퍼즐처럼 나의 '잃어버린 시간' 구석구석을 채워 나갔다. 드라마 『사랑과 전쟁』은 남의 이야기가 아님을 보여주는 사례가 나에게도 아주 많이 있었다. 아이를 맡긴 친정으로 향하던 자동차 안에서 싸우다가 고속도로 위에 남편 내려놓고 전속력으로 도망가기(남편이 내린다고 했었다), 스페인 마드리드 시내 한복판에서 "먼저 귀국해!"라고 말하며 여권을 바닥에 내던지기(남편은 여권을 잘 주워 가방에 넣었고, 우리 둘은 같은 날 귀국했다), 남편이 출장간 사이 집안 살림 반 이상 챙겨 이사 가기(뭔 얘기인지 느낌이 올 것이다) 등 여러 사건이 있었지만 그만 줄인다. 끝도 없는 이야기이고, 부부싸움이란 파고 또 파도 딱히 누구의 잘못이라고 말할 수 없는 경우가 많고, 양쪽의 에너지만 갉아먹는 것으로 끝나기 일쑤니 말이다.

어쨌든 가끔 남편과 농구경기를 보러 가거나 영화를 보기도 하고, 휴가를 내어 아이들과 여행을 가기도 했다. 하지만 좋았던 기억들은 갈등, 싸움, 미움의 감정에 빛을 잃었다. 그러면서 차츰 '내가 결혼을 하지 않았더라면, ○○도 할 수 있었을 텐데.' 하는 생각이 들기 시작했다.

뭘까? 내가 열정을 쏟아 부어 하고 싶었던 일들이? 내 에너지를 낭비하지 않고 만들어내고 싶었던 일들이? 나는 이 모든 일이 없었더라면 삶에서 더 멋진 것을 이루어낼 수 있었을까? 이런 과정을 겪고 시간이 한참 흐른 지금, 그 결과로 만들어진 내 모습이 정말 이상한가? 나는 정말 손해 본 것일까? 정말 인생의 일부 구간을 잃어버린 것일까?

4

'잃어버린다'는 표현은 내가 가진 것이 영구히 내 것이라는 전제 하에 할 수 있다. 우리 인생에 과연 그럴 만한 것이 있을까? 평생 변함없이 소유할 수 있는 것은 없기에 잃어버릴 것도 없어야 하는 게 아닐까? 마치 길을 걸어가는 것처럼 나에게 주어지는 것 속에서 누리고, 즐기고, 견디고, 인내하다가 다 놓아두고 가면 되는 것인데 말이다. 좋다. 그동안 생각했던 대로 10년을 잃어버렸다고 치자. 그렇더라도 그렇게 규정한 후 후회하고 낙담하며 포기하면서 살 건가? 지금 내게 주어진 하루하루를 잘 살아내 더 근사한 10년을 만들어 가면 되지 않을까? 또 좋다. 10년을 잃어버렸다 치더라도 두 아이를 떠맡기고 내빼는 부인에게 "꿈을 이루라"고 응원하는 사람이 있다면, 한두 번도 아니고 좀 봐 줄 만하지 않을까?

3. 오늘 하루

1

태양은 밝고 바다는 파랗지만 저 멀리 수평선 가까이 갈수록 수면의 빛은 어두워진다. 바다의 깊이는 얼마나 될까. 키가 아무리 커도 대부분 2미터에 미치지 않는 인간에게 바다의 헤아릴 수 없는 깊이는 외경의 대상이 되기에 충분하다. 아름다운 바다, 경이롭고 두려운 바다, 넓게 펼쳐진 자신의 몸 위에 거추장스러운 그 무엇도 가지고 있지 않은 외로운 바다. 나는 이런 바다 위에 7,000톤의 무게와 100미터 길이, 20미터 폭을 가진 배에 올라 저 먼 목표를 향해 가고 있다. 나의 목표는 무엇인가? 내가 도전하고자 한 일을 이루는 것이다. 용기

내어 도전했기에 모든 불편함을 참고 지내는 것이다.

선실 책상 앞에 앉는다. 도올 선생님의 『노자가 옳았다』를 읽는다. 26장에 다음과 같은 구절이 있다.

> 무거운 것은 가벼운 것의 뿌리가 되고(重爲輕根 중위경근)
> 안정된 것은 조급한 것의 머리가 된다(靜爲躁君 정위조군)

"그러하므로 성인은 종일 걸어 다녀도 무거운 짐을 내려놓지 않고, 비록 영화로운 기거 속에 살더라도 한가로이 처하며 초연히 세속의 영화에 마음을 두지 않는다."●

출렁이는 배 위에서 노자를 공부하면 잡념이 생기지 않는다. 도올 선생님의 해석에 따라 이야기에 깊이 빠지다 보면 시간도 빨리 간다.

오늘은 점심식사로 오믈렛이 나왔다. 마음 같아서는 다 먹고 싶었지만 속 편하게 하려고 조금 남겼다. 커피 한 잔을 들고 방으로 올라갔다. 이 배에서 생활한 지도 일주일이 넘었고, 이제는 조금씩 적응이 되어 간다. 식사도 잘하고 있고 러

● 도올 김용옥, 『노자가 옳았다』(통나무), p274~75

닝머신 위에서도 능숙하게 걷는다. 배에서 지내는 우리는 자신의 타임 테이블에 맞추어 시간을 보내고 있다. 자신이 원하는 시간에 일어나고 운동하며 선실 밖에 나가 풍경을 바라보고 사람들을 만나 이야기를 나눈다. 때로는 그동안 못 잔 잠을 원 없이 자기도 하고, 식사를 건너뛰기도 하며 밤과 낮을 거꾸로 지내기도 한다.

2

나는 매일 아침 6시에 일어나 운동복으로 갈아입고 체육관으로 향한다. 운동을 마치고 나면 같은 층에 있는 식당에서 아침식사를 한다. 식사 사이의 시간에는 책을 읽거나 공부를 하다가 지루해지면 식당에 내려가 커피를 마시며 거기서 만난 대원들과 잠시 이야기를 나눈다. 해 질 녘에는 외부 데크로 나가 저녁노을을 즐긴다. 저녁식사 후 침대 사이 좁은 공간에서 몸을 풀어주고 굳었던 몸이 풀리면 다시 책상 앞에 앉아 일기를 쓴다. 나의 타임 테이블은 배 타고 오기 전 그대로, 아니 더 규칙적이고 빡빡하게 돌아가고 있다.

나는 집에서 출발하기 전부터 배에서 어떻게 지낼까? 하는 고민을 했다.

'배가 흔들릴 텐데, 그런 상황에서 내가 하고 싶은 것을 잘

할 수 있을까? 내가 과연 멀미하는 사람인지, 전혀 그런 것에 영향을 받지 않는 사람인지 궁금하다. 멀미한다면 내 모든 계획을 실행하기 어려울 테니까. 그래도 일단 계획을 세우자. 아닐 수도 있으니까. 배를 타는 기간이 길기 때문에 뭔가 한두 가지 정도는 잘해낼 수 있을 거야.'

이런 생각으로 계획하고, 지금 실행하고 있다. 처음 이틀은 적응하느라 좀 힘들었지만 있는 그대로 받아들이자고 마음먹으니 더 이상 힘들지 않았다. 그리고 난 '멀미하지 않는 사람'이다!

3

이런 생활이 주는 장점은 뭘까. 규칙적인 생활은 일상이 잘 돌아가게 한다. 습관을 잘 들이면 매번 무엇을 선택할까 하는 번거로움을 줄여주기 때문이다. 규칙적인 생활은 몸을 건강하게 만든다. 정해진 시간에 식사, 운동을 하고 늦지 않은 시간에 잠자게 한다. 늦은 저녁에 먹는 간식도 피할 수 있다. 하지만 한 가지 이상한 건, 배에서는 속이 금방 비는 것 같다. 배가 흔들리는 것과 상관이 있는 걸까?

규칙적인 생활은 나를 발전시킨다. 독서를 하고, 공부를 하고, 일기를 쓰면서 매일 '어제의 나'와 다른 사람으로 조금씩 변해간다. 그렇다고 여유 있게 커피 한 잔 마시지도 않고, 멋진 풍광을 보지도 않는다는 건 아니다. 오히려 나에게 집중하는 시간을 가지다 보니 자연을 즐기면서 휴식하는 일이 더욱 풍요롭게 느껴진다. 내적인 만족에 허무하고 공허한 마음이 사라져서일까. 산만한 마음이 정돈된다. 그러다 보니 주변에 펼쳐진 자연 속 진실하고 풍성한 것들을 더 깊이, 세심하게 바라볼 수 있게 된다. 하루 종일 배의 흔들림을 참으며 책 읽고 글 쓰고, 공부한다는 것 자체가 인내가 요구되는 일이다. 그런 하루를 보낸 후 바라보는 북태평양의 석양은 나에게 더욱 깊은 감명과 즐거움을 준다. 자연은 늘 순환하며 최상의 아름다움을 성실하게 만들어 가는데 내가 하루를 지겹게 보낸다면 자연 앞에 당당할 수 없을 것이다. 불편한 생활로 인해 계획한 것들을 자연처럼 완벽하게 해낼 수는 없지만 최선을 다한다.

규칙적인 생활은 나 스스로를 신뢰하게 만든다. 발전을 도모하는 사람이 되는 것을 꾸준히 지켜볼 수 있기 때문이다. 그리고 규칙적인 생활은 나를 강하게 만든다. 자신의 규율을 지켜가는 일은 쉬운 일이 아니기 때문이다.

4

이런 생활은 아라온호와 세종기지에서 계속될 것이다. 귀국 후 서울에서 지내는 동안에도 달라지지는 않을 것이다. 나는 긴 안목으로 오늘을 만들어간다. 새롭고 특별한 환경에서도 발전을 도모하고 내가 바라는 것을 완성하기 위해 힘쓸 것이다. 설령, 느슨한 생활을 해보고 싶어 허용한다 하더라도 하루 이틀이면 물리지 않을까 싶다. 그런 생활을 억지로 계속하는 일보다 시간을 창조적으로 만드는 일이 오히려 더 쉬울지도 모른다.

오늘도 나의 하루가 지나간다. 아쉬운 점도 있다. 저녁식사가 맛있어 많이 먹었다. 틈틈이 휴대폰을 들여다보며 시간을 보냈다. 아까 책을 읽을 때, 왜 그리 딴생각이 끼어드는지. 그래도 애썼다. 하루의 노고를 위로할 시간이다. 어깨의 긴장도 풀고 다리도 길게 뻗고 누워 보자. 그리고 다시 한 번 기억하자. 나를 만들어가고 완성시켜 가는 것은 다름 아닌 '오늘'이라고 하는 단 하루이다.

4. 적도 페스티벌

1

눈을 뜨니 새벽 5시 30분이다. 이불 속에서 뭉그적대었지만 더 이상 잠이 오지 않는다. 알람이 울리기 10분 전에 알람을 끄고 몸을 일으켜 세웠다. 창문 커튼을 여니 아직 밖은 캄캄하다. 방문 오른편에 있는 스위치를 눌러 불을 켠다. 곯아떨어졌던 빨래들, 책들, 잡다한 생활도구들이 갑작스런 불빛에 놀라 부스스 눈을 뜨는 듯하다. 침대 커튼을 "좌악" 하는 소리가 나게 열어젖힌 후 침상을 정리한다. 세수를 하고, 옷을 갈아입고 침대 사이에 서서 아직 어둑어둑한 창밖을 바라보며 여덟 시간 자는 동안 이리저리 구르지 않으려고 애쓴 군은 몸을 천천히 풀어준다.

오늘도 밖으로 나간다. 바다다(당연하다)! 나는 바다를 볼 때마다 파도는 어떤지, 바다 빛은 어떤지, 구름은 어떤 모양인지, 바람은 부는지, 갈매기들이 따라오는지, 섬이 보이는지를 살핀다. 먼 곳을 보다가 가까운 곳을 살피다 보면 삼사십 분이 훌쩍 지나간다. 낮은 검은 구름 밑을 통과할 때 비가 조금 내린다. 좀 더 왔으면 좋으련만 손등에 몇 방울 떨어지더니 금세 날이 개어버린다. 오늘은 갈매기가 보이지 않는다. 날은 환히 밝았고 가까운 바다 빛은 푸르다. 조금 먼 바다나 구름에 덮인 바다는 수면에 재색의 막을 입힌 것처럼 어둑어둑하면서도 반질반질하여 환한 빛을 뿜어낸다. 파도는 거품을 만들지 않고 꿀렁꿀렁 요동친다.

2

오늘은 하루 종일 GPS만 들여다보고 있다. 적도를 지나는 순간을 놓치고 싶지 않아서다. 다시 날이 흐리고 빗방울이 간간이 떨어지는데, 습한 공기가 폐 안으로 깊숙이 밀려들어온다. 선내 방송에서 모두 헬리데크로 모이라고 한다. 이제 적도에 가까워져 통과하는 시간에 기념촬영을 하려는 것이다. 반바지에 반팔 티셔츠 차림을 하라기에 나는 방으로 들어가 박스 깊숙이 넣어두었던 옷을 꺼내 입은 후 위에 빨간색 단체복을 걸쳐 입고 밖으로 나간다. 조금 전까지 "후두둑" 쏟아지던 비는 오지 않는다. 내 옆에 있던 승조원 한 분이 손가락으로 먼 바다를 가리키며 "저기 저쪽에 적도를 표시한 빨간색 깃발이 보인다"고 말한다. 나는 '어디 있지?' 하며 눈을 가늘게 뜨고 바다 위를 훑다가 '도대체 여기서 보일 게 있을까?' 하며 승조원의 얼굴을 보는 순간 '아차' 하는 생각이 들었다. 그가 장난기 가득한 얼굴로 웃고 있었던 것이다.

우리는 모두 모였다. 반바지에 반팔 티셔츠를 입고서 말이다. 우리는 '빨간색 깃발'이 아니라 'GPS'가 적도라고 가리키는 지점을 통과하면서 기념촬영을 했다. 장보고기지 대원들끼리, 세종기지 대원들끼리 그리고 하계연구원과 케이루트 대원들과 승조원들이 개성 있는 포즈로 사진을 찍었다. 우리 세종기지 대원들은 전체 사진을 찍을 때 입었던 붉은색 단체복을 바닥에 벗어두고 가까이 모여 서서 카메라맨의 하나, 둘, 셋 구호에 맞춰 두 팔을 번쩍 들며 뛰어오르는 장면을 연출하며 적도 통과를 기념했다.

3

이 한바탕 축제가 동토로 향하는 우리 마음에 따뜻한 온

기가 되어 오래오래 기억되었으면 좋겠다. 그곳에 도착해 차가운 바람이 우리 코를 찌르고 눈발이 가슴을 서늘하게 할 때, 뜨겁고 습한 공기를 들이마시며 빨간 배 위에서 폴짝폴짝 뛰던 지금을 떠올리자. 하나 둘 셋 구호에 맞춰 열댓 번 뛰며 웃던 우리의 웃음을 기억하자. 기념의 날을 위해 맘껏 뛰라고 바다조차 잔잔하지 않은가.

　우리를 떠나보낸 이들을 떠올린다. 가족과 친구들, 지인들은 우리의 의지를 꺾지 못해 억지로 떠나보내야 했을 것이다. 잠을 이루지 못하면서도 우리를 응원하며 배웅해준 그들에게 감사하자. 오랜만에 가족에게 소식을 전한다. 오늘 드디어 적도를 통과했다고, 그동안 멀미하지 않아 전혀 힘들지 않았다고 말이다. 내 방 사진도 몇 장 보냈고, 아라온호 시설이 얼마나 지내기 편한지, 식사가 얼마나 훌륭하게 나오는지도 말해주었다. 고마운 마음을 가득 담아서 말이다.

5. '아무도아니'

1

우리 배는 뉴질랜드 남섬과 북섬 사이를 통과해 남섬의 해안을 따라 천천히 달리고 있다. 섬 위에는 구름이 잔뜩 끼어 있다. 그늘진 섬은 짙은 구름에 가려 자신의 윤곽만 검게 드러내고 있을 뿐 그 어떤 푸르른 나무도, 마을도 사람이 있을 법한 모습을 보여주지 않는다. 이방인인 우리를 반기지 않는 것일까? 자신이 구름 아래 숨기고 있는 푸른 공원과 따뜻한 분위기의 마을을 밝은 태양 아래 드러내면 그 아름다움에 매료되어 우리가 우르르 몰려갈까 봐 경계하는 것일까? 섬은 자신을 구름으로 숨기고 있는 듯하다. 자신을 감추면 사람의 호기심, 새로운 것을 찾아가려는 탐험의 욕망을 제어할 수 있을 거라고 생각한 걸까? 하지만 인간의 욕망은 가려진 대상에서도 원하는 목표를 정확히 찾아내 어떤 두려움에도 제지 받지 않고 거침없이 나아갈 수 있을 정도로 강렬한 것이다. 인간의 호기심은 난관이 예상이 되고 심지어 목숨까지 걸어야 하는 상황임을 인지하고 있다 하더라도 마음이 끌리는 것을 포기할 수 없는 것이다.

리틀턴 부두에 배를 정박한 후 배에서 내려 두 발로 도시를 향할 수 있는 상황이라면 우리 한 사람 한 사람은 어떤 방식으로 이 섬을 습격해 나갈까. 아마도 각자의 호기심에 이끌려가겠지. 사람 많은 곳을 찾아가는 여행자도 있을 테고, 높은 곳에서 전경을 내려다볼 수만 있다면 힘겨운 길이라도 오르는 여행자도 있을 것이다. 또 잘 가꿔진 공원 벤치에 앉아 따스한 햇살을 즐기며 친한 이와 함께하는 것에 만족하는 이도 있을 테고, 코와 눈이 순간순간 이끄는 대로 오가는 사람도 있을 것이다. 우리는 호기심의 추종자인 것이다. 그리고 그 대가는 스스로 짊어져야 한다. 오디세우스가 자기 동료들의 목숨으로 큰 대가를 치렀듯이 말이다. 나 또한 호기심에 이끌려 이곳까지 오지 않았는가.

보름 동안 외부와 차단된 생활을 견뎌냈고 배에 올라 여러

날을 지내다가 오늘 뉴질랜드를 만났다. 구름이 잔뜩 끼어 있어 날 반기는 것 같지 않은 곳, 그럼에도 불구하고 굳이 뚫고 들어간다면 『오디세이아』에서처럼 나중에 대가를 치르더라도 일단 받아는 줄 새로운 섬을 만난 것이다.

2

김영하 작가의 산문집 『여행의 이유』를 여러 번 읽었다. 그 중 「노바디의 여행」을 읽고 그 의미에 깊이 공감했다. 오디세우스가 10년간 바다에서 고초를 겪고 자신의 집이 있는 섬 이타케로 돌아올 수 있었던 것은 바로 그가 "자신을 낮추고 겸손한 여행자로서 모습을 지녔기 때문에 가능한 일이었다"고 김영하 작가는 서술한다. 노바디(아무도아니). 난 그가 이 단어를 해석한 구절이 좋다.

> 현명한 여행자의 태도는 키클롭스 이후의 오디세우스처럼 스스로를 낮추고 노바디로 움직이는 것이다. 여행의 신은 대접받기 원하는 자, 고향에서와 같은 지위를 누리고자 하는 자, 남의 것을 함부로 하는 자를 징벌하고, 스스로 낮추는 자, 환대에 감사하는 자를 돌본다.●

● 김영하, 『여행의 이유』(문학동네), p185

나는 「노바디의 여행」을 읽고, 또 읽으면서 그가 노바디를 이야기하는 부분을 읽을 때마다 미소 짓곤 했다. 그리고 『오디세이아』를 읽을 날이 오기를 갈망해 왔다. 그러다 며칠 전, 태즈먼 해(Tasman海)에서 『오디세이아』를 꺼내 읽기 시작한 것이다. 이 책을 읽는 동안 김영하 작가가 계속 떠오를 것이다. 작가와 함께, 오디세우스와 함께 바다를 여행할 것이다. 그의 고초를 읽으며 '여행자의 지혜'를 얻기 위해서 말이다.

3

『오디세이아』 중 「키클롭스 이야기」 편은 절로 미소가 지어지는 부분도 있고, 너무 징그러워 얼굴이 찡그려지는 부분도 있다. 또한 오디세우스의 행동에 짜증이 나는 부분도 있다. 얼마나 요상한 이야기인가. 3년 전에 일독한 이후 두 번째 읽는 중이고, 김영하 작가의 산문을 통해 지금은 그렇지는 않지만, 처음 이 책을 읽어나갈 때의 충격은 정말 대단했다. 한 손으로 사람 두 명을 움켜쥐고 바닥에 내동댕이친 후에 토막을 내어 내장과 뼈의 골수까지 뽑아먹는 키클롭스의 이야기는 소름 끼쳐 아주 오랫동안 머릿속에 남았다. 오늘은 책을 소리 내어 읽는데, 유독 키클롭스가 한 말이 귀에 들어온다.

"내 마음이 명령하지 않는 한 내가 제우스의 미움을 피할

양으로 너와 네 전우를 아끼는 일은 결코 없다."[•]

이 얼마나 매정하고 긴장감이 돋게 만드는 말인가. 뒤의 글을 더 이상 읽고 싶지 않게 만드는 말이다. 하지만 다행히 스토리를 알고 있기에 침착하게 읽어 내려간다. 처음 읽었을 때, 눈에 띄지 않던 세세한 구절들이 마음에 다가온다.

"그자는 단박에 살진 작은 가축들을 모두 동굴로 몰아넣고 바깥에 있는 깊숙한 마당에는 한 마리도 남기지 않았는데 어떤 예감 때문이거나 아니면 신께서 그렇게 시키신 것 같았소."[••]

원래 숫양은 동굴 안으로 들여오지 않고 바깥마당 깊숙한 곳에 두고 들어오는 키클롭스가 오늘따라 숫양마저 동굴로 끌고 들어오게 된 것이다. 자신이 늘 하던 일을 마친 후 오디세우스의 부하 두 명을 저녁식사로 먹고, 오디세우스가 주는 포도주를 마시고 곯아떨어져 그의 계략에 따라 미리 불에 달궈진 날카로운 올리브나무 말뚝 끝에 눈이 지져져 시력을 잃은 후 동굴 입구의 바위를 밀고 그 앞에 서서 그 틈으로 달아날지도 모를 오디세우스 일행을 잡으려고 서 있었다. 하지

[•] 호메로스, 『오뒷세이아』(도서출판 숲, 천병희 역), p224
[••] 호메로스, 『오뒷세이아』(도서출판 숲, 천병희 역), p227

만 결국 새벽에 숫양을 내보내면서 오디세우스도, 동료 여섯 명도 놓치게 된다는 것이다. 이렇게 살아남은 그들은 양들을 몰고 함선에 올라 바로 옆에 있는 섬, 즉 자신들이 키클롭스 섬으로 가기 전 머물던 "맑은 샘물이 흐르고, 그 주위에는 백양나무들이 자라고, 염소가 널려 있어 활만 쏘면 언제든 넉넉하게 잡을 수 있고, 포도주와 염소고기를 배불리 먹었던"● 그 섬에 도착할 수 있었던 것이다. 아! 호메로스는 어떻게 이렇게 재미난 이야기를 생각해낼 수 있었을까.

4

이틀 뒤, 우리는 뉴질랜드 리틀턴 항에 도착한다. 3일 동안 배 안에 갇혀 아무것도 못하겠지만 오랜만에 거의 땅 위에 서 있는 것과 같은 경험을 하게 될 것이다. 어쩌면 배를 부두에 정박한 후 그 안에 가만히 있는 게 나을지도 모른다. 이방인들에게 자신의 얼굴을 감추고 있는 섬의 이곳저곳과 리틀턴, 크라이스트처치 도심을 돌아다니다가 호기심에 키클롭스의 동굴 속으로 기어드는 것보다 안전할 테니까.

하지만 인간은 두 개 중 하나를 선택할 상황에 처하게 되

● 호메로스, 『오뒷세이아』(도서출판 숲, 천병희 역), p219~20

면, 때론 위험하더라도, 키클롭스 같은 괴물에게 동료들을 내어 줄지라도 배를 박차고 나가 동굴 속으로 뛰어들지도 모른다. 빤히 위험한 줄 알면서도 섬으로 들어가는 용감한 인간들, 그런 '짜증나는' 행동을 하는 오디세우스 같은 인간들, 어쩌면 나도 이쪽에 더 가깝지 않을까?

오늘 저녁 식사시간에는 맥주가 나온다. 우리는 거친 파도가 치는 바다 한가운데 식당에 앉아 닭볶음탕의 닭다리를 뜯으며 맥주 한 캔을 나눌 것이다. 문득 오디세우스의 동료들을 뜯으며 "넌 맨 마지막에 먹어주지, 아무도아니!"●라고 넉살좋게 이야기하는 키클롭스의 모습이 떠오른다. 그런데 우리는 이런 키클롭스마저 사랑해야 할 의무가 있는 것은 아닐까? 그는 바로 바다의 신, 포세이돈의 아들이기 때문이다. 보라, 우리는 지금 바다 위에 있지 않은가!

● 호메로스, 『오뒷세이아』(도서출판 숲, 천병희 역), p228
원문의 내용은 "나는 전우들 중에서 맨 나중에 '아무도아니'를 먹고 다른 자들을 먼저 먹겠다."이다.

6. 이번 정류소는 '장보고기지'

1

새벽 5시 20분에 눈을 떴지만 10분 정도 이불 속에 있다가 몸을 일으켰다. 어젯밤에는 추워 저녁 10시부터 이불 속에 들어가 몸을 웅크리고 있다가 겨우 잠이 들었다. 하지만 자정경에 도저히 추워 잠을 잘 수 없기에 작업복으로 나눠준 점프 수트를 꺼내 입고 잠이 들었다. 자는 동안 작업복을 입은 몸은 불편했고, 배가 심하게 흔들려 중간중간 잠을 깰 수밖에 없었다. 일어나자마자 편한 옷으로 갈아입은 후 스트레칭을 하고 나니 추운 게 좀 나아졌다. 그리고 운동하러 체육관으로 향했다.

천천히 50분 걷는 동안 밤새 굳었던 관절과 근육이 풀어지는 느낌이 들었다. 땀은 나지 않지만 몸이 조금씩 따뜻해졌다. 운동을 마치고 식당에서 아침식사를 했다. 식빵 두 개를 구운 후 하나엔 땅콩버터를 바르고 치즈 한 장과 계란 프라이를 올린 후에 나머지 식빵을 덮었다. 4등분으로 먹기 좋게 잘라 진한 드립커피와 함께 먹었다. 식사를 마치고 방에 올라가 선글라스를 챙겨 가벼운 운동 복장 그대로 밖으로 나갔다.

저 멀리 흰 눈 덮인 봉우리가 보인다. 거리가 멀어서 그렇지 실제로는 아주 큰 산인 듯했다. 드디어 남극대륙에 가까워지고 있었다. 남극해는 따뜻한 태양빛을 머금어 짙푸른 빛을 띠었고, 먼 산 전체와 그 주위에 펼쳐진 대륙을 틈새 하나 없이 덮고 있는 흰 눈은 푸른 바다 빛과 대비되어 한층 밝게 보였다. 난 동영상 한 컷을 찍은 후 바로 4데크로 올라갔다. 여느 때처럼 바람이 세고 추웠다. 좌우로 펼쳐진 남극대륙이 제대로 보이지 않아 브릿지 데크로 올라갔다. 거기서도 앞이 잘 보이지 않아 결국 브릿지 안으로 들어갔다.

2

좌우로 긴 유리창 너머로 남극대륙 전체가 보였다. 맨 앞

중앙에 선장님과 승조원들이 있었다. 인사를 하고 배의 정면에 펼쳐진 대륙을 몇 장 찍은 후 망원경을 들고 이제 막 대면한 남극을 자세히 살폈다. 왼편으로는 대륙의 반도가 시작이 되는데, 거친 갈색 표면의 절벽이 보이고, 그 위를 흰 눈이 두껍게 덮고 있었다. 반도 끝에서 오른쪽으로 길게 달리며 커다란 만灣을 형성하고 있는데, 만의 가장 깊은 안쪽의 대륙은 아주 높고 웅장한 산맥처럼 보였다. 눈 덮인 대륙 위에는 안개가 짙게 드리워져 있었다. 넓은 해안가 뒤쪽으로 건물 여러 동이 보였다. 승조원에게 물어보니 '이태리 기지'라고 했다. 나는 망원경을 들여다보며 이번에는 이태리 기지 앞바다로 눈을 돌렸다. 대륙에 가까운 바다의 두꺼운 얼음은 해안을 따라 한 줄 선을 그은 것처럼 선명하게 보였다. 그사이 배는 점점 대륙의 한가운데를 향해 달려갔다. 선장님과 승조원들은 전방에서 눈을 떼지 않았고, 나는 그들의 그런 모습을 보고 있으니 긴장감마저 느껴졌다. 선장님이 망원경을 들여다보시며 "335도, 340도, 350도, 333도…"라고 지시를 내리면 배는 그 지시에 맞춰 조금씩 좌우로 방향을 틀며 서서히 앞으로 나아갔다.

3

태양은 너무도 찬란한 빛을 쏟아냈다. 남극대륙은 우리 배를 밝고 따뜻하게 맞아주고 있었다. 우리는 12월 3일 오전 7시 54분에 남극대륙에 도착했다. 배가 해빙에 처음 닿는 순간 진동과 함께 얇은 얼음이 순식간에 지그재그로 갈라졌고, 배의 왼편 얼음 위에서는 한 무리의 펭귄이 갈라지는 얼음 틈새를 피해 우르르 달아나고 있었다. 그 와중에도 달아나지 않고 서 있는 몇 마리 펭귄이 있었는데, 그 녀석들은 깨진 얼음 위에 균형을 잘 잡고 서서 흰 배를 우리 쪽으로 향하고 있었다. 나는 우리 배가 펭귄들의 휴식을 방해한 것 같아 미안한 마음마저 들었다.

어느덧 얼음은 두꺼워졌고 배는 이것을 깨기 위해 전진과 후진을 반복하면서 나아가고 있었다. 후진할 때는 이미 깨진 얼음 부스러기를 헤치며 가기 때문에 흐름이 부드러웠지만, 전진할 때에는 얼음 위로 올라타기라도 할 것 같은 기세로 배의 선두는 요란한 소음을 내며 얼음을 거칠게 밀고 나아갔다.

4

정말 장보고기지에 도착했다. 우리와 긴 시간을 함께했던 장보고 8차 대원들과 케이루트 대원들이 이곳에 내린다.

9월, 부산에서 극지적응훈련을 할 때 그들과 처음 만났다. 그 때 나는 아는 사람이 한 명도 없었다. 10월 중순, 전남 화순에서 자가격리할 때 내 옆방에 입주한 대원 한 명을 알게 되었다. 사실 서로 마주칠 일이 없지만, 하루 세 번 문 앞에 배달되는 도시락을 받기 위해 현관문을 열다가 동시에 머리가 밖으로 나오는 경우가 있어 우리 이웃집 사람들끼리는 몇 번 인사를 주고받았다. 그리고 '스트레스 대처하기'에 관해서 온라인 교육을 받을 때 몇몇 대원들의 얼굴을 화상으로 볼 수 있었다.

자가격리를 마치고 광양항에서 아라온호에 올랐을 때 비로소 나는 그들을 제대로 대면하게 되었다. 배에서 생활하며 밥도 같이 먹고, 커피도 마시고, 체육관 러닝머신 위에 나란히 운동을 하고, 아라온호 탁구대회, 장보고기지 대원들이 개최한 음악회를 즐기는 동안 조금씩 가까워지게 된 것이다. 어쩌면 우리는 '운명' 같은 사이인지도 모른다. 고된 항해를 한 달 이상 함께 한다는 것, 동일한 목표인 남극을 향해 가고 있다는 것이 운명을 함께한다는 의미가 아니고 무엇이겠는가. 그들이 내리고 나면 장보고기지에서 일 년 동안 지낸 7차 대원들이 배에 오른다. 그리고 우리와 함께 다시 긴 여행을 시작할 것이다. 정든 이를 떠나보내고 새로운 이를 받아들여 관계를 만들어가는 것, 이것은 목적지가 아직 많이 남거나 종착 역까지 가야 하는 승객들이 겪어야 하는 운명인지도 모른다.

7. 강태공

1

장보고기지에 도착하기 하루 전날 오후 3시, 식당에서 '강태공 모임'이 있었다. 얼마 전 아라온호 하계연구원 중 한 분이 생물 채집을 도울 낚시꾼을 모집한다고 해서 지원을 했었는데, 그날 오후 오리엔테이션이 있었던 것이다. 장보고기지에 도착하면 3일 동안 정박한다. 장보고 대원들이 일 년 동안 쓸 물건, 음식, 장비를 담은 컨테이너를 배에서 내리는 작업을 하는 시간이다. 그 시간을 이용해 우리 낚시꾼들이 기지 앞바다에서 물고기를 잡아 올리면 되는데, 그 물고기는 수조에 담겨 한국까지 이송되어 연구에 사용된다. 나는 어릴 적

아빠가 낚시를 할 때 구경은 해봤지만 직접 해본 적은 없기 때문에 무척 설렜다.

총 지휘자이신 장보고 8차 대장님이 모임을 이끄셨다. 처음엔 지원자가 7명이라고 들었는데, 8명이었다. 아라온호 선의船醫로 일하시는 의사선생님께서 뒤늦게 합류한 것이다. 업무로 인해 바쁜 상황에서도 잠시 짬을 내셨다. 지원자 8명과 대장님까지 총 9명이 참석했다. 대장님의 설명에 의하면 생물 채집은 2, 3일 동안 진행될 예정이며 장보고기지 인근 해역에 배가 정박하는 동안 선미船尾에서 낚시를 한다고 한다. 바다의 두꺼운 얼음이 없는 공간, 즉 아라온호가 깨고 들어온 두툼한 얼음 사이의 빈 공간에서 물고기를 잡을 것이고, 또 잡은 물고기가 훼손되지 않게 낚시 바늘을 제거한 후 수조에 넣는 일이 우리의 임무라고 설명해주셨다.

하지만 낚싯대가 4개밖에 없었다. 그래서 2인 1조로 한 사람은 물고기를 낚고, 다른 한 사람은 잡은 물고기의 낚시 바늘을 제거하는 일을 하라고 구체적으로 지시해주셨다. 우리는 설명을 다 듣고 난 후 생물 채집 위치를 확인하기 위해 나갔다. 햇살은 따사롭고 갈매기들이 배 주위를 빙글빙글 돌고 있었다. 선미 쪽에 큰 배관이 있는데, 그 구조물 사이를 비집고 들어가 배의 가장자리에서 낚시를 하면 된다고 했다. 우리는 일단 눈으로 찔끔 확인만 한 후 수조를 보러 갔다. 수조 안에는 물만 가득 차 있었다. 우리는 옆방으로 이동해 안전조끼를 착용하는 법을 익혔다. 설명을 듣고 나니 한 번도 다루어본 적이 없는 릴낚싯대를 잡고 추운 날씨에 물고기를 잡아 올리는 일도 쉽지 않을 듯했다. 하물며 잡은 물고기를 상처 안 나게 잘 운반해 수조에 넣어야 한다고 생각하니 문득 자신감이 없어졌다. 연구원은 내 표정에서 그런 생각을 읽었는지 "즐기면서 하세요"라고 격려의 말을 해주었다.

저녁에는 식당에서 장보고 대원들의 환송식 겸 음악회가 있었다. 나는 연주자와 가까운 맨 앞 테이블 앉아 식사를 하고 음료수를 마시면서 내일이면 이 배에서 짐을 빼고 기지 숙소에 새로운 보금자리를 마련할 장보고 8차 대원들이 펼치는 '이별 음악회'를 감상하며 이런저런 생각을 해보았다. 이제 더 이상 흔들리는 배에서 생활하지 않아도 되는 그들을 생각하니 약간 부럽기도 했다. 하지만 기지에 이삿짐을 풀고 적응하면서 본격적으로 일을 시작해야 할 것을 생각하면 그다지 부럽지 않기도 했다. 방에 돌아와 씻고 의자에 편하게 기댔다. 저녁 10시가 넘었는데도 밖은 아직 환했다. 그렇다. 나는 백야의 땅, 남극대륙에 가까이 와 있었다.

2

기지 도착 다음 날인 어제, 우리 강태공들이 낚시를 시작한 것은 오전 9시였다. 나도 낚싯대 하나를 집어 들었다. 접혀 있던 봉을 길게 빼서 락을 걸어 봉이 다시 밀려들어가지 않게 한 후 릴을 풀어 낚싯줄을 내리고, 다시 감아올리는 연습을 했다. 어렵지 않게 잘됐다. 그다음 낚싯줄 내리는 방법을 배웠는데 아주 쉬웠다. 왜냐하면 이곳에서는 낚싯대를 뒤로 젖혀 던질 필요가 없고, 그저 빙어 낚듯이 줄을 밑으로 내리기만 하면 되기 때문이다. 미끼를 다는 방법도 배웠다. 지렁이와 크릴을 사용했다. 지렁이의 경우 물고기가 미끼만 쏙 빼먹고 달아나는 경우가 많아 바늘 전체에 미끼가 고르게 분포되도록 끼워야 한다고 했다. 한쪽 끝에만 매달거나 헐렁하게 끼우면 매번 빈 낚싯대만 들어 올리게 된다고 했다.

햇살은 화창하고 공기는 맑았지만 춥고 손이 시렸다. 두툼한 장갑을 낀 손으로 미끼가 잘 잡히지 않아 버벅거리고 있는데, 옆에 있던 대원이 대신 끼워줬다. 낚싯줄을 내렸다. 배의 높이에 40미터나 되는 물의 깊이가 더해져 한참을 내려야 했다. 납이 바닥에 "탁" 닿는 게 느껴지면 그때부터 살살 움직이면서 물고기들을 유혹하다가 녀석들이 미끼를 물 때 그 느낌을 감지하고 낚싯대를 위로 확 잡아채야 한다고 했다.

나는 물고기들이 미끼를 무는 순간을 느끼기 위해 온 감각을 얇은 줄에 실었다. 바람은 불고, 손은 시리고 낚싯대를 붙들고 있는 팔과 어깨가 아팠다. 나는 몸을 난간에 붙이고, 팔꿈치를 그 위에 올렸다. 낚싯대가 한쪽 겨드랑이를 통과하게끔 한 후 낚싯대를 단단히 붙잡고 물고기가 미끼만 먹고 달아나지 않도록 단박에 끌어올려야지 하는 생각만 하고 있었다.

하지만 난 미끼만 계속 갈고 있었고, 나랑 똑같은 낚싯대로 단 2미터 떨어져 낚시를 하는 우리 조리대원은 계속 월척을 잡아 올렸다. 그런 내 모습이 좀 안 되어 보였는지 연구원이 커피 한 잔을 내게 건네주었다. 난 김이 모락모락 나는 커피를 한 모금 마시며 내가 왜 이렇게 추운 데서 미끼만 갈고 있을까 하고 한숨만 쉬었다.

다시 낚싯대를 들었다. 토실토실한 갈매기 한 마리가 근처를 맴돌고 있었다. 그렇지 않아도 물고기가 잡히지도 않는데 겨우 한 마리 끌어올리다가 저 녀석에게 빼앗기면 어쩌지? 하면서 그놈을 째려보았다. 코가 시리고 콧물이 나왔다. '쉬운 일이 없구나.' 낚시를 한다는 단순한 생각으로 지원했더니 이런 신세가 된 것이다. 갈매기를 보며 신세한탄을 하고 있는데, 갑자기 검고 반질반질한 놈이 물속에서 머리를 쑥 들어올린다. 바다표범이다. 그 녀석은 낚싯대를 드리운 곳에서 조

금 떨어진 얼음 사이에서 나타나더니 물속으로 들락날락하
면서 놀고 있다. 잠시 우리 눈을 사로잡더니 얼음 아래로 사
라져버렸다. 우리가 낚시를 하고 있는 동안 반대편에서는 장
보고 8차와 7차 대원들이 컨테이너 하역작업을 하고 있었다.

오후에는 큰 성과가 있었다. 점심을 먹은 후 딸에게 낚시
하는 모습을 찍은 사진을 보냈다. 딸이 "큰놈으로 낚으세요!"
라고 응원을 해줬다. 그 덕분인지 낚싯줄을 내리자마자 묵직
한 물고기 두 마리를 낚았고, 오후에만 열댓 마리를 잡았다.
딸의 응원이 효험이 있었다. 오늘 강태공의 활약이 크기도 했
고, 날씨가 춥고 바람도 불어 조금 일찍 마무리했다. 우리는
낚싯대, 미끼, 마시던 커피를 정리한 후 휴식을 취하러 각자
의 공간으로 흩어졌다.

3

오늘 아침에도 우리는 낚싯대를 잡았다. 어제오늘 이틀에
걸친 강태공의 활약은 대단했다. 우린 정말 많이 잡았고 번거
로운 일들을 함께 즐기면서 해냈다. 우리는 배의 선미에 서서
코끝과 손가락을 얼얼하게 만드는 바람을 맞으며, 자외선 풍
부한 햇볕을 쬐며 갈매기와 깨진 얼음 사이로 고개를 내미는
반질반질한 바다표범과 함께 물고기를 낚고, 추억을 낚았다.

장보고 대장님은 하역 일을 하시면서 우리를 꼼꼼하게 챙겨주셨다. 일일이 미끼를 달아주셨고, 물고기가 훼손되지 않게 낚시 바늘을 제거해주셨다. 또 틈틈이 연구원에게 이것저것 가르쳐주시기도 했다. 연구원은 대야에 담긴 물고기를 수조로 옮기는 일과 두레박으로 바닷물을 길어 올려 대야를 채우는 일을 쉬지 않고 했다. 그렇게 바쁜 중에도 시시때때로 음료수와 따뜻한 커피를 우리에게 가져다주었다.

　　난 오전에만 여섯 마리를 낚았다. 그중 한 마리는 꽤 큰 놈이어서 기념사진도 찍어두었다. 오후에는 하역을 마친 장보고 대원들이 강태공 무리에 합류했고, 그들도 물고기를 잘 잡아 올렸다. 이틀 동안 참 힘들었지만 중요한 일을 했다고 생각하니 뿌듯한 마음마저 들었다. 무엇보다도 낚시를 잘하든 못하든, 낚싯대를 처음 잡든 능숙하든 상관없이 도움을 요청하는 연구원을 위해 자원하고 그와 함께 일을 한다는 것은 참 멋진 일이라는 생각이 들었다. 이제 물고기는 수조에 담긴 채 우리와 함께 칠레를 거쳐 세종기지에 들렀다가 태평양을 건너 한국으로 가게 될 것이다. 부디 건강하게 살아서 가다오.

8. 페트병과 알람

: 그날 3데크에서 있었던 일

1

아라온호 3데크는 좌우에 외부로 나가는 출입문과 그 사이 분리수거 공간이 있고, 세탁실, 휴게실, 도서관, 선실이 다닥다닥 연결이 되어 있다. 선실은 바다를 면한 쪽에 있고, 중앙에는 공용화장실과 위층 아래층을 연결해주는 계단이 있다. 내 방은 우현 쪽 철문 바로 옆 선실인데, 반대 면에는 다른 두 대원이 쓰는 방이 있다. 배에서의 아침은 대체로 조용하다. 일찍 일어나는 대원들은 조용히 방문을 열고 나와 식사를 하러 가기도 하고, 철문을 열고 밖으로 나가 바람을 쐰다. 대원들이 나가고 들어올 때 문 소리가 신경이 쓰일 때가 있지만 적응해나가다 보니 자주 소리가 나도 어느 정도 익숙해졌다.

하지만 견딜 수 없는 소리가 하나 있다. 바로 분리수거 통 뚜껑 떨어지는 소리다. 뚜껑 닫히는 소리라 부를 수 있다면 얼마나 좋을까. 뚜껑은 플라스틱으로 되어 있고 별다른 속도 제어 장치가 없어 내용물을 안에 넣고 손을 떼는 순간 "탕" 하고 아래 본체와 부딪힌다. 사실 소리 자체는 경쾌하다. 단지 그 경쾌한 소리가 시도 때도 없이 가까이서 난다는 게 문제다. 방 안에서 지내는 시간이 많다 보니 잘 때, 책을 읽을 때 듣게 된다. 잠이 깨고 집중력이 흐트러지는 건 둘째고, 그 자극적인 소리가 귀에 오래 남고 머리와 심장을 울리게 한다. 그럼에도 어떻게든 적응해야 했다. 나는 2인실을 혼자 쓰고 있다. 다른 대원들은 두 명, 네 명씩 쓰면서도 불평 없이 잘 견뎌 나가고 있기 때문에 나도 되도록 웬만한 것들은 이해하고 넘어가려고 한다. 이 배는 교통수단일 뿐이고, 우리는 목적지가 따로 있기 때문이다. 잠시 머물다 가는 곳에서 너무 까다롭게 할 필요는 없지 않은가! 물론 좀 오래 타야 하지만 말이다.

2

그런데 그동안, 그러니까 배에 올라 파도를 견디고, 배의 흔들림에 맞추어 운동과 식사를 하고, 유빙을 치고 해빙을 깨는 배의 진동을 느끼면서 남극 대륙에 다다를 때까지는 잘 몰랐는데, 우리 배가 장보고 기지에 8차 대원들을 내려준 후 연구 항해를 하는 동안, 다시 말하면 잔잔한 로스해역에서 배가 흔들리지 않고 소음도 없게 되었을 때 드디어 어떤 소리가 내 귀에 들어오기 시작했다. "뿌지직." 분리수거 통 뚜껑 떨어지는 소리가 내 심장 박동을 살짝 건드려 엇박자를 만들 정도의 영향을 준다면, 이 소리는 내 영혼을 흔들었다. 이 소리를 한 번 들으면 영혼이 이리저리 헤매다가 귀에 남아 있던 소리가 희미해질 무렵에 제자리로 돌아오는 것이다. 그래도 분리수거 통은 방에서 조금 떨어진 공간에 있었지만 이 소리는 바로 내 방 문 앞에서 났다. 오랜 분석 끝에 소리의 정체를 알아냈다. 바로 페트병 구기는 소리였다.

그런데 하필 왜 내 방 앞에서? 아마도 수거 통 도착 직전에 페트병을 구겨서 바로 통에 던져 넣으려는 의도 같았다. 그런데 꼭 구겨야 할까? 아무래도 페트병을 구기지 않고 넣으면 분리수거 통이 빨리 차고, 그만큼 승조원의 업무가 늘어나니까 일손을 덜어주려는 대원들의 마음일 터이다. 이런저런 추측과 상상으로 충분히 이해를 했다고 생각했는데, 이 소리가 반복적으로 들리다 보니 괴로움으로 가득 차서 책상 앞에 앉아 있거나, 때로는 침대에 누워 이 소리의 근원을 추적하기 시작했다.

　방 앞에서 "뿌지직" 하고 소리가 들리면 '어, 방금 어느 쪽에서 방문이 열렸더라?' 하고 생각하고, 잘 모르겠으면 걸어가는 사람의 발걸음 소리, 말소리, 기침 소리를 유심히 듣는다. 또 분리수거 통에 페트병을 넣고 발걸음 소리가 어느 방향으로 향하는지 등의 패턴을 분석해 용의자를 추려 내려는 것이다. 소리가 나는 시간도 다양하기 때문에 몇 시에 구기는지도 용의자를 찾는 데 도움이 된다. 사람이란 어느 정도는 자신의 행동 패턴이 있기 때문에 조금만 신경을 곤두세우고 들어보면 조금은 가려진다. 별다른 액션도 없이 앉거나 누워서 분석만 하는 이유가 있다. 주로 늦은 밤에 소리가 나기 때문에 침대에 누워 자려거나 자고 있는 중에 그 소리를 듣고 벌떡 일어나 실내화를 신고 문을 열 즈음에는 용의자는 기가 막히게 흔적도 없이 사라져버렸기 때문이다.

3

　어제 새벽 1시 55분 ─ 최근에는 소리가 나는 즉시 시계에 눈이 갔다 ─ 내 방 문 바로 앞에서 아주 크고 날카로운 구김 소리가 들렸다. 잠을 못 자는 나날이 이어지고 있다가 겨우 잠이 들었는데, 그 소리를 듣는 순간 정신이 말똥말똥해졌다.

한 시간 이상 잠들려고 애를 써도 잠이 오지 않았다. 이런저런 생각을 해보았다. '왜 이 시간에도 그렇게 하는 걸까. 설마 그 소리가 아주 작다고 생각하는 것은 아니겠지? 내 방 앞에서 구기는 이유가 혹시 내가 싫어서일까? 아니면 그 행동이 너무 습관이 돼서 잘 모르는 걸까?'

최근 나의 끈질긴 추적에 의해 용의자가 두세 명으로 추려졌다. 좀 더 시간을 두고 추적하다 보니 최후의 용의자가 밝혀진 것이다. 그는 바로 내 옆방에 살고 있는 이웃이다. '그에게 직접 말할까? 점심식사 전에 방문 앞에 가서 이야기할까? 아니면 식당에 내려갔을 때 할까?' 이런 생각을 하다 보니 정신이 더욱 또렷해졌다. 한숨만 나오고 잠은 오지 않아 '차라리 지금 일어나서 뭐라도 할까? 책을 읽을까?' 하는 생각도 했다. 하지만 새벽 2시에 무슨 일을 하면 피로한 것은 물론 하루 일과가 흐트러질 것 같아 더 누워 있기로 하고 눈을 붙였다. 토막 꿈도 꾸고, 코도 한 번 곤 듯하다.

마지막으로 눈뜬 건 5시 30분을 넘어서다. 옷을 갈아입고 체육관에 가서 러닝머신 위를 걸었다. 나는 왜 남극에 가겠다고 설레발쳤을까. 가족들과 오순도순 음식 만들어 먹으며 가끔 일도 하고, 카페에 조용히 앉아 책 읽고, 오후에는 햇살을 받으며 한강공원을 걸으면 되는 것을. 난 왜 이곳에 와서 내 방 문 앞에서 페트병 구기는 소리에 내 영혼을 구기며 지내고 있는 것인가.

그럼에도 나는 걸으면서 생각했다. '아무것도 말하지 말자, 아무것도 듣지 못한 것처럼!' 하지만 방에 올라오자마자 노트 한 장을 뜯어 글을 쓴 후 복도 반대편 벽에 붙였다.

"페트병 구기면서 지나가지 않기!(특히 밤, 새벽에) -최영미."

용의자는 이 글을 보아야 한다. 그리고 마음 깊이 반성을 해야 할 것이다!

4

새벽 5시가 조금 넘어 눈을 떴다. 어제 새벽에 그리 설쳐 댔더니 저녁에 어찌나 피곤한지 일찍 누웠다가 오히려 더 뒤척여 깊은 잠을 잘 수 없었다. 어깨와 뒷목이 뻣뻣하다. 옷을 갈아입은 후 창밖을 바라보며 스트레칭을 했다. 목을 돌리고, 어깨를 돌리면서 몸을 풀어주니 아주 개운하다. 5시 50분에 방을 나섰다, 휴대폰을 두고.

새벽에 체육관에 들어서면 약간 구린 냄새가 가득하다. 난 그 냄새가 좋다. 아직 사람의 발길, 사람의 호흡이 닿지 않은 느낌, 내가 처음 열고 들어가 운동을 시작한다는 '개척자'의 자부심이 느껴지는 것이다. 케이루트 팀이 장보고기지에 내리기 전에는 그중 한 분이 늘 나보다 먼저 와 운동을 하고 계셨다. 그는 지금도 남극의 거친 바람을 헤치며 얼음 위를 달려 남극점을 향한 또 다른 루트를 찾고 계실 것이다. 그가 그러는 동안 난 아라온호 체육관의 퀴퀴한 냄새를 헤치며 개척자의 정신으로 러닝머신을 향해 걸어갔다.

아침 식사가 제공되는 7시에 운동을 마친 후 식당에 갔다. 먼저 식사하고 있던 연구원에게 인사하고 머그잔에 커피를 담아 테이블에 가져다두고, 흰 접시에 김치, 콩자반, 건새우 볶음, 계란 프라이 두 개와 밥을 담았다. 난 커피를 마시며 천천히 식사를 했다. 접시에 담긴 식사의 양으로 치면 5분이면 먹어 치울 수 있었지만, 밥과 반찬 맛을 천천히 음미하면서 먹었다. 식사를 마친 후 그릇을 반납하러 퇴식 칸으로 걸어가는데 아라온호 조리원들이 아침 준비와 정리를 다 마쳤는지 주방에서 한꺼번에 나왔다. 인사를 하니 그중 한 분이 "맛있게 드셨어요?"라고 내게 묻는다. "네. 감사합니다." 아주 일상적이고 가벼운 인사인데 아침 기분이 상쾌해진다.

여유 있는 아침식사를 한 후, 3데크로 올라갔다. 아까 운동하러 내려갈 때 환기를 시키려고 방문을 열어두었는데, 문에 다가갈수록 평상시와 다른 무언가가 느껴졌다. '뭘까?' 귀를 쫑긋 세우며 다가가는데 내 방에서 음악이 흘러나오고 있는 것이 아닌가. '아 이런, 알람!' 그렇다. 알람을 끄지 않고 휴대폰을 방에 둔 채 운동하러 내려간 것이다. 6시에 맞추어 놓았던 알람이 1시간 20분 동안 계속 울려대고 있었다. 난 실내화로 갈아 신지도 못한 채 뛰어 들어가 베개 옆에 두었던 휴대폰을 집어 들고 알람을 껐다. 등골이 시렸다. 저 옆방, 페트병 용의자가 살고 있는 저 옆방, 어제 그 소리 때문에 짜증을 내며 공고까지 붙여 따끔한 경고를 하려고 했던 그가 있는 저 옆방, 방음도 잘 안 되는 벽 하나를 두고 있어 한 시간 넘게 울려대는 알람 소리가 고스란히 들렸을 저 옆방의 용의자에게 나는, 나는 지금 무슨 짓을 한 것인가? 복수를 한 것인가? 의도하지 않은 일이라고 호소를 하고 싶지만 믿어줄까? 실수인데 그도 그렇게 생각할까? 난 휴대폰을 손바닥에 얹은 채 알람 화면을 뚫어져라 쳐다보며 서 있었다. 그리고 갑자기 '실수는 맞는데, 이 실수가 혹시 내 잠재의식 속에 의도하고 있던 실수는 아닐까?' 하는 생각에 미치자 안절부절못하던 마음은 사라지고 피식 웃음이 나왔다. 어쨌든 실수한 것은 분명하다. 어떤 식으로든 사과는 해야 한다.

5

차가웠던 방 안에 따뜻한 기운이 퍼질 즈음 복도 쪽에서 발걸음 소리와 대화 소리가 들려오기 시작했다. 난 방 안에 처박혀 벽 뒤의 두 '인내남'의 인기척에 귀를 기울이며 그쪽에 가까이 붙어 있었다. 둘이 대화를 나눈다! 나는 큰 숨을 한 번 몰아쉰 후 용기를 내어 걸어 나갔다. 옆방 문을 두드렸다. 문이 열린다.

"저기, 새벽에 시끄러운 소리가 들렸지요?"

"무슨 소리요? 아무 소리도 안 났는데요."

"정말요?"

나는 곧 그 말이 진짜가 아니라는 것을 알 수 있었다.

"어쨌든 너무 오래 시끄럽게 해서 미안합니다."

나는 페트병 구기는 소리가 귀에 거슬린다는 이유로 다른 사람을 원망하고 문 밖의 움직임을 추적해 용의자들을 추려 낸 후 그중 한 명에게 경고하기 위해 공고를 붙이는 행동을 했다. 그런데 단 하루도 지나지 않아 난 용의자로 추측되는 그에게 아주 매너 없는 보복을 하고 말았다. 실수 같은 보복, 보복 같은 실수를 하면서 난 알게 되었다. 이 남자와 룸메이트까지도 수백 번 반복되었을 알람 소리를 얼마나 오랫동안 참아주었는지를. 그러고도 나에게 "아무 소리도 안 났다"고 말하다니! 난 그가 참 고마웠다.

(추신: 이 글에서 내가 임의로 '용의자'라 부른 '인내남'은 세종

기지에서 더없이 유쾌하고 성실한 대원이다. 그리고 유치한 보복을 가한 자와도 사이좋게 잘 지내는 대원임을 밝히는 바이다.)

9. 난득지화難得之貨

1

참 오랫동안 남극에 어떤 책을 가져가야 할지 고민했다. 짐을 많이 가져갈 수 있는 상황이 아니었기 때문에 넉넉히 챙길 수 없었다. 자가격리 장소인 화순으로 출발하기 며칠 전, 집 근처 카페에서 커피를 마시며 독서를 하다가 바로 옆에 붙어 있는 서점에 갔다. 그때 하얀 표지의 책 한 권이 눈에 들어왔다. 바로 도올 김용옥 선생님의 『노자가 옳았다』이다. 출간한 지 며칠 안 된 따끈따끈한 책이었다. 난 책 제목을 보는 순간 '이거다!' 싶었다. 이 책이야말로 긴 시간 동안 읽기에 아주 좋은 책이고, 읽고 또 읽다가 모두 외워도 좋을 책이라는 것을 감지했다.

화순에서 보름 동안 자가격리할 때, 아침마다 베란다 밖 나지막한 산에서 들려오는 참새의 지저귐과 저녁에는 산 어디에선가 들려오는 고양이 울음소리를 들으며 하얀 표지의 책을 읽고, 노트에 쓰면서 시간을 보냈다. 아라온호에 오른 후에는 식사 시간 사이에, 때로는 아름다운 일몰을 감상하고 선실에 돌아와 배의 움직임에 몸을 맞추어 가며 책상 앞에 앉아 이 책을 읽었다. 적도에 가까이 가는 동안에도 방의 네모난 창문을 열어젖히고 태평양의 습한 바람을 맞으며 읽었다. 또 남극해에 다가갈 때에는 유빙에 부딪쳐 요란스레 흔들리는 선실 안에서 어깨에 숄을 걸치고 읽어 나갔다. 그러는 동안 일독을 했고, 이제 두 번째 읽어나가는 중이다.

2

「도경 12장」의 '난득지화難得之貨'라는 글이 자꾸 머릿속에 떠오른다.

"얻기 어려운 재화는 사람의 행동을 어지럽게 만든다(난득지화 령인행방 難得之貨 令人行妨)."●

● 도올 김용옥, 『노자가 옳았다』(통나무), p180~81

그 글의 설명을 보니 이렇게 적혀 있다.

"문명의 욕망은 결국 인간을 더욱더 큰 자극에로 휘몰아 가며, 인간은 결국 삶의 정로正路를 잃게 된다."

이 글은 남극에 가고 있는 나를 돌아보게 만든다. 경쟁을 통해(어느 때보다 경쟁률이 낮았지만) 선발되어 좋은 시설을 갖춘 장소에서 자가격리를 한 후 배에 올라 필요한 모든 것을 제공 받고, 남극을 향해 가는 길에 특별한 경험을 하고 있는 나 자신 말이다. 밤새 쉬지 않고 달리는 배의 왼쪽 동녘 하늘을 은은한 주홍빛으로 물들이던 아침놀, 산호해의 수평선 구름 사이로 보이던 옅은 분홍빛 석양, 줄을 맞춘 듯 낮게 드리워진 남태평양의 뭉게구름을 어떤 말로 표현할 수 있을까. 비가 세차게 내리던 날 거친 파도 위를 유유히 날던 갈매기들, 수면 위를 쏜살같이 날아가는 날치 무리, 브릿지에서 처음 마주쳤던 장엄한 남극대륙, 대륙과 해빙이 하나인 듯 온통 하얗게 펼쳐져 있던 설원, 바다의 얼음을 깨고 대륙에 다가가던 쇄빙선의 요란함, 갈라지는 얼음을 피해 도망가던 펭귄들, 장보고기지 앞바다에 출몰한 바다표범, 로스해역 활동 중에 마주친 끝이 보이지 않던 거대한 빙벽 등 이 모든 것들을 과연 누가 경험할 수 있을 것인가.

이것들을 사진에 담아 가족과 지인에게 보내거나 SNS에 올리면, 그들은 진기한 체험을 하고 있는 나를 걱정하면서도 부러워한다. 그들 중 일부는 남극 이야기를 처음 꺼냈을 때부터 나를 격하게 응원해주었지만, 일부는 내가 마치 '사지死地'를 향해 가는 것처럼 바라보기도 했다. 하지만 항해의 날이 길어지고, 나의 신변에 아무 이상이 없으며 배가 생각보다 안전하다는 것을 느끼게 된 것인지 모르지만, 그때부터는 나를 부러워하고 아주 특별한 경험을 하는 사람으로 바라보기 시작했다. 그러던 중 나는 『노자가 옳았다』의 '난득지화'를 떠올리며 이런 생각을 했다. 바로 이런 것, 누구나 다 가질 수 없는 것, 아주 특별하고 얻기 어려워 '나도 한 번쯤 가져 봤으면, 나도 해 봤으면' 하는 것 또한 난득지화가 아닐까 하는 생각을 말이다.

3

　다른 사람들이 내가 남극에 가는 것을 부러워하고, 나 또한 그럴 만하다는 것을 부인할 수 없는 상황이라면, 나는 '누구나 가져볼 수 없는 보화'를 어떤 마음가짐으로 지녀야 할까? 정말 나는 그것을 가져도 마땅하다고 생각하고 있는가? 갖은 고생과 위험을 무릅쓰며 여기까지 왔기 때문에 당연히 누릴 자격이 있다고 생각하는가? 혹시 내가 보고 경험한 것을 '자랑 삼아' 늘어놓고 있지는 않은가? 내게 제공되는 음식을 접시에 가득 담은 후 다 먹지도 못하고 낭비하고 있는 것은 아닌가? 배를 타고 가는 긴 시간을 허투루 보내고 있지는 않은가? 사람의 발걸음이 닿지 않는 천혜의 자연인 남극을 내가 누려야 할 어떤 '대상'으로 삼고 있지는 않은가?

사실 난 특별한 경험을 하고 있다. 특별한 곳을 향해 가고 있는 것도 맞다. 그렇기 때문에 더욱 내 발걸음을 조심해야 하고, 그것들을 망가뜨리지 않기 위해 노력해야 한다. 내가 이런 마음으로 나를 제어하고 단속해야 다른 사람들의 마음을 어지럽히지 않을 수 있다. 내가 가지고 있는 것을 당연한 나의 특권이라고 생각하지 않아야 하는 것이다. 그럴수록 남극의 자연 안에 조심스럽게 머물다 가야 한다. 어쩌면 사람의 발길이 닿지 않아야 더 아름다울 곳임에도 불구하고 누군가가 가야 한다면, 그것이 나라면, 더 큰 책임감과 의무가 있어야 하는 게 아닐까? 남극의 변화를 목도하고 인간의 책임을 고민하는 시간 그리고 거대하게 펼쳐진 빙벽과 차고, 희고, 넓고 찬란한 풍광 앞에서 내게 무엇이 부족한지 돌아보는 시간을 갖지 않는다면, 15개월의 긴 여정이 내 인생에 아무런 교훈도 주지 못할 것이다.

10. 푼타아레나스

1

배가 밤새도록 흔들렸다. '이렇게 흔들려도 되는 걸까?' 하고 생각할 정도로 전후좌우로 마구 흔들렸다. 우리 배가 장보고기지를 출발한 이후 나는 지루한 시간을 보내고 있었다. 매일 똑같이 반복되는 세끼 식사와 운동, 끝없이 펼쳐지는 남극해의 검은빛 바다, 구름 낀 하늘, 3일 동안 끊이지 않고 지속된 5미터 너울. 그러더니 오늘 아침 6시 기상 알람이 울릴 무렵부터 배가 신기하리만큼 잠잠하다. '칠레에 도착했나보다!' 창문의 커튼을 열어젖힌다. 흐린 하늘과 어두운 바다 사이로 육지가 보인다.

이불을 정리하고 옷을 두껍게 입은 후 밖으로 나갔다. 빗방울이 떨어지기 시작하더니 바람이 시원하다. 파도가 만들어내는 하얀 거품으로 인해 바다가 조금 밝아 보인다. 육지는 산등성이가 좌우로는 병풍처럼 길게 펼쳐져 있고, 뒤로는 산세가 몇 겹 중첩되어 점점 여린 빛을 띠며 멀어지고 있다. 제법 빗방울이 굵어진다. 바람은 잠잠한 듯하다가 갑자기 몰아쳐 손에 들고 있는 휴대폰을 저 멀리 바다로 던져버릴 기세다. 하늘과 바다가 점점 어두워져 간다. 저 거친 산들은 멀리서 우리 배를 지켜보며 '저 빨간 배를 받아줄까, 말까?' 고민하고 있는 듯하다. 우리에게 바람도 던져보고, 검은 구름으로 뒤덮어 보고, 거친 파도도 슬쩍 보내면서 말이다. 우리 배가 거친 파도를 헤치며 겨우 도착했지만 그 정도 고생으로는 미덥지 않은가 보다. 마젤란 해협을 뚫고 지나갈 자격이 있는지 지켜보는 걸까? 배 안에 있는 인간들이 과거 마젤란이 품었던 용기와 야망을 어느 정도라도 가지고 있는지 확인하는 걸까? 목표를 이루기 위해 화합할 인간들인지, 자신의 목숨을 부지하려고 동료들을 배반할 인간들인지 조금 더 지켜보려는 걸까? 이 해협을 지나려면 모험심과 협동심, 리더의 관용과 지혜가 필요하다는 것을 칠레의 남쪽 땅, 높고 거친 산세를 가진 이 땅은 아는 듯하다.

멈춰 선 배 안에서, 처음 마주하는 칠레의 땅을 바라보며 나의 배려심을 점검한다. 앞으로 저 협곡에 들어가면 어떤 일이 생길지 모르기 때문이다. 좁은 협곡을 지날 때 커다란 바위 위의 동굴 안에 숨어 있던 머리가 여섯 개인 괴물이 갑자기 내 옆 동료를 물어가 버릴 수도 있기 때문에 우리는 동료를 잃지 않도록 정신을 바짝 차려야 할지도 모른다.[•]

2

창에 드리운 커튼에 빛이 스며 들어온다. 새벽 3시까지 잠을 이루지 못하고 뒤척거리다가 겨우 눈을 붙였는데, 창문에서 밝은 기운이 느껴져 몸을 일으켰다. 배는 어제 협곡을 지나고 마젤란 해협에 들어서 지금은 푼타아레나스가 바라보이는 먼 바다 위에 멈춰 있다. 어스름이 깔린 새벽, '오늘은 일출을 볼 수도 있겠다' 생각하고 밖으로 나간다. 어디에서 잘 보일까 두리번거리다가 배의 후미로 가야할 것 같아 헬리데크로 향한다. 하늘에는 초승달이 떠 있다. 아직은 어둑어둑한 하늘에서 달의 자그마한 빛은 눈에 띄게 환하고, 수평

● 호메로스, 『오뒷세이아』(도서출판 숲, 천병희 역), p299, 원문의 내용을 인용함

선 위에는 진한 주홍빛 아침놀이 점점 번져 간다. 달은, 곧 태양이 나타나면 조용히 물러나려고 준비하는 듯, 점점 자신의 빛을 수그린다. '해가 저쯤에서 떠오르겠지?' 하고 잠시 다른 곳을 바라보는 동안 어느새 달은 구름에 가려 사라져버렸다. 동녘 해는 떠오르지 않는데 서쪽 도시를 덮은 구름이 황금색으로 물든다. 이제 곧 태양이 떠오를 것이다. 태양을 맞이하기 위한 바다와 하늘과 구름의 제식이 시작되었기 때문이다.

수평선 위로 밝은 점이 하나 찍힌다. 점점 옆으로 평평하게 퍼지더니 가운데를 둥글게 말아 올리듯 빛이 수면 위로 올라온다. 짙은 주홍빛 노을과 서쪽의 황금빛 구름이 사라진다. 태양은 점점 대담하게 자신을 드러낸다. 둥글게 올라온 빛은 자신의 가장 넓은 지름을 보여줄 듯 천천히 커지더니 마침내 가장 큰 폭을 드러낸다. 태양이 반쯤 드러났을 때 작은 배 한 척이 그 앞을 지나간다. 마치 나보다 태양에 더 가깝다고 자랑하듯 배는 태양 속으로 빠져 들어가 그 빛 속에 사라진다. 그러다가 순간 검은 점으로 나타나는데, 태양의 이글거리는 빛에 몽땅 타버린 듯하다. 그렇게 빛의 중심에서 빠져나와 더 이상 미련이 없다는 듯 태양을 뒤로하고 왼쪽 바다를 향해 유유히 달린다. 태양은 자그마한 배 한 척이 자신을 지나다 타든 말든, 자신을 떠나든 말든 상관없다는 듯 이제는

자신의 온전한 모습을 드러내 주변의 모든 풍광을 비춘다. 그
리고 구름 사이에서 휴식을 취한다.

3

부두에 정박한 배 난간에 몸을 기대고 서서 마을을 바라
본다. 바람은 싸늘하고 몇 명의 인부가 분주히 오가며 일을
하고 있다. 부두 맞은편에는 우리 배 크기 정도의 미국 쇄빙
선이 있고, 그 후미에 작은 어선 두 척이 연이어 붙어 있다. 오
른쪽을 바라보니 햇빛을 받은 도시가 황금처럼 빛난다. 부두
입구에는 고래 꼬리 모양의 조형물이 서 있고, 그 뒤로 넓은
길이 도시의 높은 산등성이까지 이어져 있다. 길 양쪽으로는
많은 집이 보이고, 집들 사이사이에 제법 큰 나무들이 서 있
다. 고래 꼬리 조형물을 중심으로 좌우 길게 바다를 따라 도
로가 이어져 있다. 길을 따라 나지막한 건물들이 줄지어 서
있고, 왼쪽 웅장한 돔 지붕의 고풍스러운 건물이 눈에 띈다.

'길 양옆으로는 음식점, 상점, 술 한 잔 마실 수 있는 주점
이 늘어서 있겠지. 길을 따라 걸으며 흥미로운 것을 찾아다닌
다면 얼마나 좋을까. 마을 사람들과 마주치고, 길 위의 멋진
자동차를 바라보고, 간판에 맥주잔이 그려진 술집을 기웃거
리고, 고소한 향이 풍기는 카페 테이블에 앉으면 얼마나 좋을

까. 날이 어두워지면 가로등이 켜지고, 빛과 음악과 노래 사이에 사람들의 목소리가 들릴 것이다. 그 속에 섞여 맥주 한 잔과 안주를 즐기며 옆 테이블 여행자의 이야기에 귀를 기울이고 싶다. 백팩을 메고, 챙 넓은 모자를 쓰고 저 언덕 산책로를 걷고 싶다. 높은 곳에 올라 도시의 아름다움을 내려다볼 수 있다면 얼마나 좋을까. 호텔 소파에 다리를 올리고 쉴 수 있다면, 따뜻한 음식을 먹은 후 멋진 하루의 여정을 노트북에 담고 싶은데…'

내 인생에 처음 만난 남미의 도시, 푼타아레나스의 아름다움을 나는 배 안에서 액자 속 사진을 보듯 바라만 보고 있다.

4

눈을 감는다. 시원한 바람이 얼굴을 스친다. 눈을 감았지만 밝은 빛이 그대로 전해진다. 배의 엔진소리가 웅웅거리고, 아래층에서 올라오는 담배연기가 오늘은 싫지 않다. 지금 내가 어디에 서 있는지 잊을 만큼 오래 서 있다. 눈을 뜬다. 찬란한 태양, 바다, 멀리 보이는 두 대의 큰 배와 떼 지어 날아가는 갈매기 그리고 왼쪽 바다를 따라 나 있는 도로와 그 위 언덕마을.

눈을 감았다가 떴을 때, 처음 시야에 들어오는 풍경이 참 아름답다. '이런 곳에 내가 서 있구나.' 태양은 구름에 가렸고, 구름 사이로 빛이 새어 나온다. 바다는 빛을 반사하며 반짝인다. 왼쪽 마을 위로는 구름 한 점 없다. 나는 잠시 잊고 있었다. 내가 몇 번 보았기 때문에 익숙해진 풍경이 실은 아직 내게 낯설다는 것을. 나의 시각을 차단한 후 다시 눈을 떴을 때, 그 풍경을 온전하게 볼 수 있다. 아직도 내게 낯선 도시, 낯선 바다, 낯선 빛, 낯선 건물과 낯선 부두의 풍경. 낯설어야 참모습을 볼 수 있다. 내게 신선하게 다가오는 순간, 그 미묘한 아름다움을 느낄 수 있는 것이다.

"Stand by, all station. All station, stand by."

방금 전, 선내 방송이 울렸다. 나는 이 방송을 들으면 안다, 이제 곧 배가 항구를 벗어날 때라는 것을. 푼타의 마을에 이별을 고한다, 안녕이라고. 나무가 풍성한 도시여, 안녕. 눈부신 칠레의 태양이여, 안녕. 당분간 만나지 못할 문명이여, 안녕!

2부 남극살이

11. 배여, 안녕

1

새벽 3시 반에 눈을 떴다. 왠지 일어나야 할 것 같았다. 다시 이불 속에 들어와 눕더라도 일단은 나가보자 생각하고 두툼한 외투를 입고 방을 나섰다. 복도는 조용하고 불이 환하게 켜져 있다. 나는 조심스럽게 걸어서 좌현 쪽의 두툼한 문을 열고 밖으로 나갔다. 파도는 거칠고 수평선 위의 짙게 깔린 구름 사이로는 약한 빛이 새어 나왔다. 해는 아직 뜨지 않은 듯했다. 반대쪽은 어떤가 보기 위해 배 안으로 들어와 우현 쪽 문을 열었다. '어라, 작은 섬이 보인다!' 이미 섬 하나는 저 뒤쪽으로 지나가버렸다. 지금 보이는 섬 앞쪽에 또 하나의 섬이 있고, 이 작은 섬들 뒤로는 아주 길게 이어져 있는 큰 섬이 보인다. 큰 섬은 온통 눈으로 덮여 있고 중간중간 검은빛 절벽이 드러나 있다. '아, 이게 킹 조지섬이구나.' 세종기지가 있다는 바로 그 섬인 것이다.

사진을 찍고 있는데 갑자기 섬 위쪽의 구름이 분홍빛을 띠기 시작했다. 이 현상은 반대편에서 해가 떠오를 것이라는 신호임을 알고 있기 때문에 사진을 찍다 말고 배 안으로 들어가 반대편으로 다시 나갔다. 과연 잿빛 바다의 검은 구름 사이로 작은 빛이 보이는 것이 아닌가! 일출이었다. 수평선 위로 이미 살짝 올라온, 태양의 아래 반쪽만 보이는, 여린 빛을 띤 일출이었다. 난 기쁨의 미소를 지었다. 세종기지에 도착하는 역사적인 날 첫 일출을 본 것이다. 이것을 보기 위해 난 이토록 새벽같이 일어나 법석을 떨었나 보다.

아침식사를 하러 내려가니, 몇 명의 대원들이 있었다. 난 아침에 늘 먹던 대로 흰 접시에 음식을 담아 자리에 앉았다. 우리는 함께 식사를 했고, 식후에 커피 한 잔에 버터링쿠키를 먹었다. 기분이 참 좋았다. 세종기지에 들어서는 길목에서 새벽의 신선한 공기를 마시며 일출을 보았으니 이보다 더 뿌듯한 일이 있겠는가. 방에 돌아와 뜨거운 물로 샤워를 하니 차가워진 몸이 한결 녹는 듯했다. 가족에게도 사진을 보내주었다. 옆방도 오랜만에 시끌시끌하다. 한 대원이 커피 한 잔 하라며 드립 커피를 내 방으로 배달해주었고, 조금 있다가 옆방 주인장이 오더니 커피 필터를 좀 달라고 한다. 반 통 이상 남아 있던 것을 주었다. 오늘 웃고, 큰 목소리로 떠들고 축하할 만한 날이다. 78일 동안의 긴 항해를 마친 우리 모두에게 고맙고, 축하의 인사를 건넨다.

2

아직 배에서 내린다는 연락이 없어 책상 앞에 앉아 잠시 방을 둘러본다. 모서리가 둥근 네모난 창문, 그 아래 고정되어 있는 팔걸이 소파, 소파 양쪽으로 벽에 붙어 있는 침대 두 개, 내가 앉아 있는 책상과 의자, 얼굴 정면에 티브이, 그 위에 가습기가 놓여 있는 선반, 내 등 뒤의 냉장고, 냉장고와 책상에 붙어 있는 옷장 두 개, 욕실, 신발장, 휴지통 세 개, 빨래걸이, 창문의 커튼 그리고 침대에 각각 둘러쳐 있는 커튼들. 어느 순간부터 이것들은 나에게 아주 익숙한 물건이 되어 있었다. 이곳에서 몸을 뉘어 휴식을 취했고, 책상에 앉아 커피를 수도 없이 마셨다. 간식을 먹고, 컵라면을 먹고, 공부와 독서를 하고, 일기를 썼고, 침대 사이 바닥에 요가매트를 깔고 운동을 했다. 외부로 통하는 철문 바로 옆이라 누군가 그 문을 여닫을 때마다 시끄러운 소리가 나서 힘들기도 했고, 페트병 구기는 소리에 마음이 구겨지기도 했다. 잠과 쉼과 배움과 기쁨과 고통이 있었던 이곳을 이제 떠나는구나. 찬란한 빛이 방을 환히 비춘다. 저 조그마한 창이 파도, 비, 눈, 바람을 막아줄 때는 얼마나 든든하던지. 높은 파도와 위아래로 오르내리던 수평선을, 칠흑 같은 어둠과 붉은 노을을 나에게 보여주었다.

내가 매일 만나고 인사하며 지나치던 사람들과도 이별한다. 아라온호의 승조원들은 식당에서, 복도에서, 계단에서, 외부 데크에서 마주칠 때마다 늘 조용히 인사를 하거나 내가 먼저 지나도록 자리를 내어주곤 했다. 모든 분들이 감동을 주었지만 특히 아라온호 조리원들은 한결같이 멋진 팀워크를 보여주었고, 그들이 만들어 내는 요리는 항상 내 눈을 휘둥그레지도록 만들었다. 그들은 매일 84명을 위한 식사를 준비하고, 때로는 야식을 만들었고, 냉장고에 음식을 채우고, 테이블 위의 티슈를 채우고, 커피와 잼이 떨어지지 않도록 살피고, 가끔 매실액도 만들어주었다.

나는 우리 배가 미국 맥머도기지 근처의 거대한 빙벽 앞에 섰던 그날을 회상한다. 그날 나는 선수에서 사진을 찍고 있었는데, 그날은 단 몇 초만 서 있어도 빙벽 위를 쓸고 몰려오는 차디찬 냉기에 코와 손끝이 얼얼해지는 날씨였다. 그때 조리복 위에 후드티만 걸친 조리원 두 분이 나와서 사진을 찍었는데, 자신의 일을 멋스럽게 하는 중에 잠시 휴식을 취하는 모습은 언제나 사람의 마음에 감동을 주는 법이고, 그날 그들의 모습은 나에게도 그러했다. 이곳을 떠나면 그들의 손끝에서 마술처럼 쏟아져 나오던 요리가 무척 그리울 것이다.

3

바람은 차고, 파도는 거칠었다. 7차 장보고 대원들과 케이루트 팀과 우리의 출발을 돕기 위해 데크에 나와 있던 몇몇 승조원과 인사를 나누었다. 잠시 추위에 떨면서 대기를 하고 있는데, 구명복과 구명조끼를 입으라고 나누어주었다. 난 등에 메고 있던 가방을 잠시 내려두고 사이즈가 크고 두툼한 구명복에 양다리를 넣고 팔을 끼우고 나서 구명복 앞쪽에 길게 위아래로 달려 있는 지퍼를 올린 후 구명조끼를 입었다. 몸이 부풀어 올라 풍선이라도 된 것 같은 느낌이 들었고 가방까지 메니 숨이 막혀 왔다. 조디악에 오르라는 신호를 받고 어기적어기적 걸어 밧줄로 된 사다리를 밟고 내려가 파도에 들썩들썩하는 조디악 중간 정도에 자리 잡고 앉았다. 나는 보트에서 떨어지지 않으려고 밧줄을 손에 움켜쥔 채 다른 대원들이 내려오는 것을 기다리다가 잠시 아라온호를 올려다보았다. 많은 이들이 손을 흔들며 우리의 출발을 지켜보고 있었다. '아, 이렇게 이별을 하는구나!' 그들과 78일 동안 먹고, 마시고, 인사하고, 운동하고, 풍경을 구경하고, 사진을 찍고, 의미 있는 날들을 함께 축하해오면서 이별을 해야 한다는 사실조차 잊고 있었던 것이다.

그들과 함께 긴 항해를 마친 우리 세종기지 대원들은 그들 곁을 떠나고 있다. 우리를 태운 조디악은 점점 높아지는 파도를 헤치며 배에서 멀어져 갔다.

12. 엄마와 딸

1

세종기지 부두의 평평한 땅에 발을 디딘 순간 그동안 사진으로만 보아왔던 기지의 주황색 건물들이 눈앞에 펼쳐져 있었다. 33차 대원들이 부두에서 우리를 맞아주었고, 나는 인사를 나누면서 두터운 구명복과 조끼를 벗었다. 뒤이어 조디악이 도착했고, 34차 대원 모두가 부두에 올라왔다. 우리는 태극기 게양대 아래에 서서 고 전재규 대원의 흉상 앞에 고개를 숙였다. 17차 대원으로 활동하다가 사고로 목숨을 잃은 의인 앞에서 묵념을 하며 앞으로 이곳에서 일 년을 지낼 대원들 모두가 안전하기를, 건강하기를 기원했다. 길고도 험한 여정의 목적지, 세종기지에서의 내 생활은 이렇게 시작되었다.

나는 안내를 받아 연구동 2층 내 이름이 붙은 방으로 들어갔다. 가방을 내려놓은 후 방 안을 둘러보니 침대도, 책상도, 옷장도 두 개씩 있었다. 화장실과 욕실은 방문을 열면 바로 오른쪽이다. 짐을 뒤져 당장 쓸 물건 몇 가지를 꺼내 옷장과 책상 위에 두고 정리하는 동안 오리엔테이션 시간이 다가왔다. 나는 연구동 앞쪽에 위치한 생활관으로 서둘러 갔다. 생활관 철골 계단을 밟고 올라가 현관문을 여니 넓은 전실이 있었다. 오른쪽 벽에는 신발장이 즐비하고, 왼쪽에는 작업복을 걸어두는 옷걸이가 길게 벽에 붙어 있었다. 실내화로 갈아 신고 1층 복도를 걸어 세종회관으로 들어갔다.

세종회관은 식당 이름이고 출입구 유리문은 활짝 열려 있었다. 테이블이 두 줄로 나란히 길게 놓여 있었고, 왼쪽으로 주방이 보였다. 테이블 한쪽에는 이미 33차 대원들이 앉아 있었고, 34차 대원들을 위한 테이블에는 아직 빈자리가 보였다. 모두 모이자 33차 대장님이 환영 인사를 하셨고, 총무님이 기지생활에 대한 안내를 해주셨다. 우리는 각자 소개하는 시간을 가진 후 33차 대장님의 안내로 기지 투어를 했다. 대장님은 건물 하나하나를 상세하게 설명해주셨는데, 건물 색깔도 모양도 비슷해 구별이 잘 되지는 않았다. 투어를 마치고 나서는 첫 점심식사가 있었다. 두 차대의 만남을 축하하는 의미에서 회식이 선포되었다.

회식 자리는 업무가 동일한 두 차대의 대원이 마주 보고 식사할 수 있도록 자리배치가 되어 있었다. 나는 33차 의료 대원 앞에 앉았고, 우리는 인사를 했다. 그는 외과의사로 운동과 등산을 좋아하고 사진을 찍는 것이 취미라고 했다. 남극에서 가장 좋았던 일은, 맑은 공기와 아름다운 자연이라고 했다. 그래서 더욱더 한국에 돌아가면 코로나 상황이 걱정이 된다고도 말했다. 많은 안주와 함께 막걸리가 나왔다. 그 막걸리로 말하자면 33차 조리대원이 직접 만들었고 절대로 '도수'를 알 수 없다고 했다. 수육, 순대곱창전골, 골뱅이와 브로콜리를 곁들여 막걸리 몇 잔을 마신 후 3시 반쯤 나는 먼저 일어나 밖으로 나왔다.

2

바람이 불고 비가 부슬부슬 내리고 있었다. 드디어 세종기지에 온 것이다. 바다를 배경으로 사진 한 장 찍으려고 휴대폰을 꺼냈는데 어라, 1시 25분에 딸에게서 문자가 와 있었다. "엄마, 전화돼요? 엄마의 도움이 필요해요." 이건 또 무슨 일이지? 지금 한국은 새벽인데. 이곳 시간이 오후 3시 반이 넘었으니 그쪽은 새벽 3시 반인데. 일단 전화를 했다. 딸이 전화를 받는데 왠지 실내가 아니라 바깥에서 전화를 받고 있다는 느낌이 들었다.

"무슨 일이야, 이 새벽에?"

"엄마, 저 전주에 왔어요."

"전주는 왜?"

딸의 이야기를 들어보니, 최근 아빠랑 몇 번 다툼이 있었다고 했다. 그 후로 계속 감정이 좋지 않아 '어디를 좀 가볼까' 하고 24시간 운영하는 독서실을 검색해보니 서울은 모두 저녁 9시에 문을 닫는데 마침 전주에 24시간 운영하는 독서실이 있는 것을 확인했다는 것이다. 그래서 전주에 가서 독서실에 들어갔는데 생각보다 일찍 문을 닫아 다시 서울에 가려고 전주역에 갔고, 첫 기차가 오전 6시에 출발이라는 것을 확인하고 역 주변을 헤매던 중 나에게 도움을 요청했던 것이다. 요약하자면 딸은 '가출'을 한 것이다!

난 화가 나거나, 놀라거나 하지 않았다. 오히려 정신이 번쩍 나면서 두 시간째 전주역 주변을 맴돌고 있는 딸의 안전이 우선이라 생각했다. 일단 딸에게 전주역에 사람이 있는지 물었다. 사람이 없다고 한다. 그럼 근처에 사람이 있을 만한 곳이 있는지 물었다. 24시간 편의점이 역 앞에 있다고 한다. 근처에 경찰서가 보이는지 물었다. 아까 걸어오다가 봤다고 한다. 그럼 그쪽으로 가라고 했다. 경찰 아저씨한테 "기차를 탈 때까지 있게 해 달라"고 부탁을 하고, 보호자 연락이 필요하다고 하면 엄마 전화번호를 알려주라고 했다. 잠시 후에 딸에게서 "경찰서에 왔고 여기서 기차 탈 때까지 기다려도 된다고 했다"고 문자가 왔다. 난 깊은 안도의 한숨을 쉬며 바다를 바라보았다. 북서풍에 실려 온 빗방울이 얼굴을 때리고, 남극 갈매기는 부두 주변을 맴돌다가 해안에 펼쳐진 자갈 위에 내려앉았다. 난 남편에게 "걱정하지 말라"고 카톡을 보냈다. 남편이 어디까지 알고 있는지는 모르지만, 새벽이 되어도 안 들어오고 있는 딸을 걱정할 게 분명했기 때문이다. 난 딸에게 문자를 보내 "기차를 타면 꼭 알려 달라"고 했고, 오전 6시가 조금 못 되어 딸에게서 문자가 왔다. "잘 탔어요."

참으로 역사적인 날이다. 엄마는 배에서 내려 자갈을 밟고 비를 맞으며 황량한 세종기지 주변을 두리번거리고 있고, 딸은 기차를 타고 낯선 도시에 도착해 콧물을 훌쩍이며 역 주변을 배회하고 있다. 가만히 생각해보니 우리의 상황이 크게 다를 것도 없다. 전주도, 남극도, 그 어느 곳도 앞으로 맞닥뜨릴 일에 대해 우리에게 명확한 것을 보여주지 않는다. 목표도, 안전한 길도 그리고 나를 도와줄 사람도 결국은 내가 찾아야 하는 것이다. 딸과 나는 지금 모험의 한가운데 서 있는 것이다.

13. 다시, 흔들리는 집
: Good morning?

1

팽팽하게 부풀어 오를 정도로 짐이 꽉 들어찬 무거운 백팩을 멨다. 하루 종일 생활관에서 생활하기 위해 필요한 짐이다. 연구동 1층 전실 신발장에서 신발을 꺼내 신고 두꺼운 현관문을 밀어 열었다. 하얗다. 처음 보는 남극 풍경이다. 어제는 비가 주룩주룩 내리더니 오후엔 눈으로 바뀌었고, 점점 눈발과 바람이 거세졌었다. 늦은 저녁에 운동하러 갈 때에도 두꺼운 외투를 입고 모자를 눌러 썼다. 그때에도 바람이 거세어 머리를 들지 못할 정도였다. 그러더니 오늘 아침 풍경이 확 바뀐 것이다. 연구동 철골 계단을 조심스럽게 내려와 땅을 밟으니 질척였고, 그 위에 살짝 눈이 덮여 있었다. 아직은 눈의 양이 많지 않은 듯하다.

생활관 앞 바다 가까이 걸어갔다. 바람은 동쪽 방향인 내 오른쪽에서 강하게 불어왔는데, 눈발을 몰고 왔기 때문에 바람을 맞는 얼굴이 따끔거렸다. 마리안소만 건너편에 있는 위버반도가 평소와 다르게 웅장하게 보인다. 늘 안개에 뒤덮여 거무스름한 흙빛을 띠던 곳이 오늘은 흰 눈에 덮여 듬성듬성 절벽의 흙빛을 보이면서 오른쪽으로 죽 펼쳐져 소만을 품다가 바톤반도 내륙으로 뻗어 있다. 오늘은 아라온호가 보이지 않는다. 이 주변의 연구를 위해 가끔 모습을 보이기 때문에 우리가 이곳에 내린 이후로도 몇 번 모습을 드러내곤 했다. 나는 회의에 갈 시간이 되어 생활관으로 향했다.

2

오전 9시에 '지진'에 관한 교육이 있었다. 강사는 33차 대장님이다. 교육의 내용을 정리하면 다음과 같다.

지진은 지진판의 경계 혹은 내부에서 일어난다. 대부분의 지진은 경계에서 일어나지만 중국에서의 지진은 특징적으로 내부에서 일어난다고 한다. 지진은 깊이에 따라 '천발지진', '중발지진', '심발지진'으로 나뉘는데, 천발지진의 발생은

0에서 70킬로미터 사이의 깊이에서 발생하며, 세종기지에서 일어나는 지진은 이에 해당된다고 한다. 중발지진은 70에서 300킬로미터 사이, 심발지진은 300킬로미터 이상의 깊이에서 발생한다. 지진이 일어나는 메커니즘을 'Elastic Rebound Theory'라고 한다. 지층이 조금씩 틀어지면서 구부러지다가 버티지 못하면서 어느 순간 쫙 갈라진다는 것이다. 또 지진파를 이해해야 하는데, P파, S파, 표면파로 구분한다. P파는 지진 초기에 보이는 약한 진동으로 사람들이 감지할 수도 있고, 감지하지 못할 수도 있을 정도로 약하다. S파는 P파에 뒤이어 나타나는 강한 진동이다. S파 이후에 약해지는 진동을 표면파라고 부른다. 이때 P파와 S파의 시간차로 지진의 거리를 계산할 수 있다.

주요 지진 발생 지역 중 세종기지와 브랜스필드 해협은 섭입대, 중앙해령에 속하는데, 이는 남미의 서쪽 해안을 따라 죽 내려와서 드레이크 해협을 지나 킹조지섬에 이르러 동쪽 방향으로 꺾인 지진대를 말한다. 최근 8월 이후에 나타난 세종기지의 지진은 군발지진이라 한다. 이는 '여진'과는 다른 의미로서 비슷한 규모의 지진이 지속적으로 발생하는 것을 말한다. 세종기지의 경우 기지가 서 있는 토양층의 두께가 얇기 때문에 지진의 진동 '공명현상'이 적게 일어나 건물의 안정성이 좋다고 한다. 반면 과거 멕시코시티Mexico city의 지진에서처럼 토양층이 깊은 경우에는 진동의 공명현상으로 피해 규모가 클 수 있다.

3

내가 지진을 제대로 경험했던 것은 2015년 5월 초였다.

두 달 전인 3월에 한 NGO 단체와 네팔에 가는 일정이 있었는데, 출발 며칠 전 발생한 활주로 사고로 카트만두 공항이 폐쇄되는 바람에 일정이 취소되었다. 그러던 중 4월 말에 네팔에서 대지진이 발생했고, 그 단체와 의료팀을 구성하여 지진 일주일 만인 5월 초에 우리는 결국 네팔로 향하게 되었다.

도착하기 전, 비행기 작은 유리 너머로 바라본 에베레스트와 히말라야 산은 웅장했다. 하지만 고도가 낮아졌을 때, 카트만두의 폐허가 한눈에 들어왔다. 흰 눈 덮인 히말라야의 고고한 모습과 대비되는 처참한 광경에 안타까움을 넘어 할 말을 잃을 수밖에 없었다. 무너진 건물, 건물과 길을 뒤덮고 있는 누런 흙먼지. 좀 더 일찍, 지난 3월에 왔더라면 이런 모습이 아니라 네팔 그대로의 아름다움을 볼 수 있었을 텐데.

수하물을 기다리는 동안 다양한 나라에서 온 구호대를 만났다. 그들은 초록, 빨강, 노랑 조끼를 입고 무리지어 서 있었다. 한국의 유명한 산악인도 구조 활동을 하기 위해 공항에 와 계셨다.

우리의 목적지는 신두팔촉이고, 숙소는 카트만두에서 조금 떨어진 곳이었다. 숙소에 도착하니 우리보다 먼저 도착한 미국인들이 밝은 목소리로 대화를 나누며 식사를 하고 있었다. 그들에게 들어보니 앞으로 몇 주 동안 인근 종합병원에서 의료 활동을 한다고 했다. 우리는 숙소에서 한 시간 반 거리의 신두팔촉 고지대 마을에 텐트를 치고 다음날부터 봉사활동을 시작하기로 했다.

새벽 4시, 옷을 가볍게 입고 밖으로 나갔다. 모두가 잠들어 있는지 사람들로 북적이던 숙소는 조용했다. 나는 숙소 문을 열고 나와 왼쪽 길을 따라가 보기로 했다. 길은 좁고 경사는 점점 심해졌다. 오른편 언덕 쪽에 한 집이 보이는가 싶더니 이내 개가 짖어댄다. 드문드문 집이 보이더니 심한 경사길 다음에는 아예 계곡으로 떨어질 듯한 길이 이어진다. 길 오른편 펌프에서 물을 퍼내던 마을 분은 '웬일로 이 꼭두새벽에 외국인 하나가 걸어가나' 하는 표정으로 내 인사에 고개를 끄덕여 답한다. 길은 끊어지고 계단식 밭이 나왔다. 밭 귀퉁이를 조심스레 밟으며 다음 밭으로 뛰어내렸다. 그렇게 계단을 밟듯 난 계단밭을 뛰었다. 문득 '난 지금 어디로 가고 있지?' 하는 생각이 들었다. 모른다. 그냥 마을을 보고 싶었을 뿐이다. 날이 밝아지면서 풍경이 모습을 드러냈다. 맞은편 산도, 오른쪽 먼 산도 가로로 층층이 계단식 밭과 밭들 사이사이 집들과 아래로 끝이 보이지 않을 것 같은 깊은 협곡이 있었다. 오른쪽 병풍처럼 둘러쳐진 산 위로 드디어 해가 밝게 떠올랐다. 시간에 맞춰야 해서 나는 방향을 돌려 뛰어내려 온 곳을 기어올랐고, 길에 이르러서는 뛰어서 숙소에 도착했다.

4

당시에 간호사와 함께 방을 쓰고 있었는데 — 그녀는 나와 함께 5개월 전 서아프리카에 다녀왔었고 이번에도 함께했다 — 도착하던 날 욕실에 있던 중 칫솔이 바닥에 떨어지길래 '쟤가 왜 저러나?' 했다. 욕실에서 나와서 보니 그녀가 침대 위에서 놀라 얼굴이 하얗게 질려 있었다. 방금 진동이 크게 왔다고 하면서. 4.5도 정도의 여진이었다. 그녀와 함께 둘째 날 새벽에 '마을 탐험'을 했는데, 좁은 마을길로 돌아오는 중에 그녀가 나에게 물었다. "방금 진동 느꼈어요?" 이번에도 비슷한 강도의 여진이었다. 난 지진이 무섭지도 않았고, 심지어 느껴지지도 않았다.

신두팔촉 가는 길은 구불거리는 산길이었고, 깎아지른 낭

떠러지가 군데군데 있었다. 산이 무너지면서 흙과 바위가 쏟아져 내려 길이 막혔고, 그럴 때마다 우리는 길이 복구될 때까지 기다렸다가 다시 출발하곤 했다. 길가의 집들은 벽이 무너져 있었고, 주변에는 나무와 무너진 건물의 잔해가 쌓여 있었다.

신두팔촉의 높은 지대의 마을에 도착해 파란색 넓은 비닐로 지붕을 만든 후 그 아래 진료용 테이블, 의약품 테이블, 대기 의자를 설치했다. 준비하는 동안 사람들이 몰려왔고, 어떤 분들은 네다섯 시간 걸어서 왔다고 했다. 맨발로 걸어온 할아버지는 발바닥이 찢어졌는데, 봉합을 할 수 없을 정도로 상처가 오래되어 약만 발라주고 붕대를 감아주었더니 신발이 없다고 붕댓발로 집으로 향해 가셨다. 고혈압 약이 필요하다고 오신 할머니는 집이 무너지면서 약이 그 속에 파묻혔다고 말하시며 눈물을 글썽거렸다. 붉은 옷을 입고 둥근 금빛 귀걸이를 한 중년 여성은 밤마다 지진 악몽에 시달려 잠이 오지 않는다며 잠을 좀 잘 수 있게 도와달라고 했다.

그들은 보금자리를 잃었다. 슬픔에 잠기고 두려움에 휩싸여 있었다. 간호사와 마을 탐험을 마치고 돌아오던 길에 만났던, 비닐하우스에서 젖먹이 조카와 언니 부부와 함께 지내던 젊은 여성도 우리에게 버너에 끓인 물로 커피를 대접해주는 동안 나에게 공허하고 두려운 눈빛을 건넸다.

지진을 겪고 살아남은 그들과 지진을 당한 곳에 잠시 들른 나와의 차이는 너무 컸다. 내가 지진을 느끼지도 못하고, 두렵지도 않았던 것은 씩씩하거나 용기 있거나, 혹은 '둔해서'가 아니라 나의 것이 그곳에 아무것도 없었기 때문이다. 나의 집도, 아이들도, 옷도, 약도 그리고 나의 일터도.

5

지금은 걱정된다. 솔직히 두렵기도 하다. 지난번 교육 때 "대피가 필요할 정도의 큰 지진이 일어나면 소각장 왼쪽 공간으로 모여라"고 하셨다. 쓰나미가 몰려오면 소각장 옆이 아니라 바위언덕으로 냅다 도망쳐야겠지만 말이다. '메렛 백'도 점검했었다. 지진이든 화재든 이 가방만 들고튀면 바로 치료가 될 수 있을 정도로 그 안에 필요한 게 다 들었는지 확인했다. 그런데 모든 재난상황에서도 적용되겠지만 '사람'이 우선이라 그렇게 대피해 생명을 건졌다 하더라도, 메렛 백을 어깨에 둘러메고 언덕으로 잘 뛰어올랐다고 해도, 집도 없고 옷도 없고 먹을 것이 다 없어진 상황에서 나는 남극에서 살아남을 수 있을까?

"Good morning, good morning, good morning!"

"세종과학기지 여러분, 행복한 하루 되세요."

아침 7시, 오늘도 구내방송이 울린다. 어젯밤 자정이 넘어 침대에 누웠는데, 2초 동안 건물이 흔들렸다. 그리고 새벽 5시 반에 다시 지진 진동을 느끼고 잠에서 깼다.

이곳에 온 지 며칠이 되지 않았는데 이곳에 벌써 '나의 것'이 많아졌나 보다. 옷장에 걸려 있는 나의 외투, 종이박스 안에 선크림과 칫솔, 신발장에 있는 두툼하고 안에 털이 보송보송해서 따뜻한 작업화, 세종회관 냉장고에 셰프가 만들어 둔 짜장과 둥근 계란이 듬뿍 들어 있는 장조림, 선반에 있는 라면과 참치 캔, 총무창고에 가득 차 있는 아직 꺼내지지 않은 생필품들까지. 잃어버릴까 봐 걱정되는 것들 말이다.

14. 산책

1

숙소가 있는 연구동 2층은 조용하다. 모두들 며칠 동안 계속된 하역 작업의 피로를 풀고 있는 듯하다. 세탁기에 빨래를 넣고 있는 대원과 1층 휴게실 탁구대에서 혼자 연습하고 있는 대원을 빼고는 아무도 보이지 않는다.

1층 전실에서 등산화를 신고 신발장 옆에 세워져 있는 등산 스틱을 하나 집어든 후 현관문을 열고 밖으로 나갔다. 계단을 내려가기 전, 눈앞에 펼쳐진 남향의 낯선 풍경을 바라본다. 눈앞에는 밋밋한 언덕이 있고, 오른쪽에는 아담한 호수와 주변에 작은 건물들이 있다. 조금 더 멀리 바라보면 남서

쪽으로 큰 섬이 보인다. 왼쪽으로는 멀리 언덕과 높은 봉우리가 보인다. 연구동 계단은 양 갈래로 나 있다. 한 방향을 선택하면 마치 그 방향으로 계속 전진해야 할 것처럼 계단을 내려가면서 바라다보이는 두 방향의 풍경은 독특하고 나를 잡아끄는 매력을 가지고 있다. 난 오늘 왼쪽 계단을 선택한다. 동쪽을 향해 이끌리는 대로 걸어가 보기로 했다.

기지 건물 사이를 통과해 바닷가 해안 쪽으로 붙어서 걷다 보니 해안을 따라 잘 닦인 길이 나온다. 차바퀴 자국이 보이고 축축하게 물이 고여 있는 곳에는 발자국이 선명하게 남아 있다. 기지 건물을 벗어나자 시원한 풍경이 펼쳐진다. 왼쪽에는 바다가, 오른쪽에는 바위 언덕과 봉우리가 있다. 앞쪽으로는 저 멀리 큰 건물이 나란히 붙어 있는 것이 보인다. 그런데 갑자기 머리 위로 덩치가 크고 투실투실한 진한 갈색의 새 한 마리가 따라붙었다.

'아, 이 녀석이 스쿠아구나.'

스쿠아를 조심하라는 33차 대장님의 말이 생각났다. 처음에는 한 마리가 모습을 보이더니 금세 세 마리가 되었다. 이 녀석들은 저공비행을 하는데, 내 머리 위로 스쳐지나가듯 낮게 날다가 저만큼 가서는 다시 회전해 나를 향해 날아왔다. 어떤 녀석은 내 눈높이 정도의 허공에 멈춰 서서 나를 똑바로 쳐다보듯 하면서 다가오기도 했다. 난 처음에는 스틱을 흔들어보았다. 하지만 녀석들은 스틱은 아주 우습게 생각하는 듯했다. 아무리 흔들어도 처음의 대형을 유지하면서 느긋하게 세 마리가 번갈아 가며 다가왔다. 좀 짜증이 났다. 조용한 산책의 즐거움을 방해하려는 녀석들을 한 번 혼내줄 생각으로 스틱을 내려놓고 돌멩이를 집어 들었다. 그리고는 나를 향해 돌진하는 녀석들을 향해 힘껏 던졌다. 녀석들은 돌이 자신에게 미치지 않는다는 걸 알고 있다는 듯 처음과 똑같이 나에게 접근했다. 내가 돌멩이 집어 들기를 멈추지 않자 조금씩 멀어지더니 길 옆 언덕에 잠시 날개를 접고 앉았다. 좀 멀기는 했지만 그 녀석들을 향해 돌을 힘껏 던졌다. 돌은 반도 못 가서 바닥에 떨어졌지만 효과는 있었다. 세 녀석은 더 이상 날따라오지 않고 봉우리 저 멀리 날아가 버렸다.

2

스쿠아를 쫓느라 기운이 다 빠진 나는 스틱으로 바닥을 짚으며 계속 걸었다. 기지에서 가장 멀리 떨어진 체육관동 건물이 있는 곳에 도착했다. 체육관동 건물은 길의 오른편에 다른 두 동의 건물과 나란히 붙어 있다. 제법 크기도 크고 천장 부위는 돔 형태로 되어 있다. 체육관동을 지나니 더 이상 길이 나 있지 않아 왼쪽 마리안소만 해안길을 따라 자갈을 밟으며 걷는다. "자그락자그락." 자갈 밟는 소리가 귀를 스쳐 지나가는 바람소리, 자갈 위로 시원하게 부서지는 파도소리와 어우러진다. 내 왼편인 북쪽으로는 위버반도가 보인다. 동으로 길게 뻗어 가다가 둥글게 말려들면서 내가 서 있는 바톤반도와 연결이 되고, 그 사이에 마리안소만을 형성하고 있다. 소만의 가장 움푹 들어간 곳에 빙벽이 있다. 표면은 울퉁불퉁 거칠어 보이지만 거기서 뿜어져 나오는 에메랄드빛은 짙은 안개에 덮인 마리안소만과 흑백사진과 같은 두 개 반도의 풍경 속에서 은은하고 고상하게 빛나고 있다.

오른쪽을 바라보니 서서히 경사를 이루는 언덕 위로 불쑥 두 개의 봉우리가 솟아 있다. 봉우리 중간까지는 흑갈색을 띠고, 그 위로는 잿빛을 띠면서 뚜렷한 윤곽을 드러내고 있다. 조금 더 걸어가니 물 가까이에 펭귄 한 마리가 서 있는 것이 보인다. 아주 작고 귀여운 걸 보니 새끼 펭귄인 듯하다. 난 녀석을 방해하지 않으려고 살짝 거리를 두고 걷는다. 그 녀석이 보이는 조금 떨어진 곳에 이르러 좀 쉬어가자 생각하고 앉을 만한 곳을 찾아본다. 그런대로 엉덩이를 걸칠 수 있을 만큼 널찍한 크기의 돌이 하나 있다. 난 그 위에 걸터앉아 해변으로 쉬지 않고 거품을 실어 나르는 파도를 바라본다. "솨아아

쇄아아." 왼편에서 부는 바람이 내 얼굴을 부드럽게 스쳐 지나가더니 조금 있다가는 눈발을 섞어 보낸다.

'한번 누워볼까?' 나는 자갈이 고르게 펼쳐진 곳을 찾아 벌러덩 드러누운 후 등과 허리를 바닥에 편하게 붙이고 팔다리를 쫙 벌린다. 고글 위로 떨어지는 눈이 금세 녹아 물방울로 변하고, 코와 입에 떨어지는 눈은 따끔하게 얼굴을 간지럽힌다. 뿌연 고글 저편으로 스쿠아가 높이 지나가는 동안 나는 '무슨 소리가 들릴까' 하고 귀를 기울인다. 타닥타닥 고글에 눈이 떨어지는 미세한 소리, 파도소리, 바람소리. 잠시 그대로 누워 있다. 주변에 아무도 없고 나는 지금 자연 속으로 깊이 들어와 있다. 그 속에서 나도 자연인 듯 그 위에 온몸을 붙인 채 자연을 보고 들으며 왼쪽 조금 떨어진 곳에 있는 남극의 생명체와 함께 숨 쉬고 있는 것이다.

3

다시 기지를 향해 걷는다. 바람은 앞에서 내 얼굴을 후려치고, 스쿠아 녀석들은 다시 나에게 다가오고 있다. '내가 아까 돌 던지던 사람인 걸 잊었나? 아니면 아까의 패배에 복수를 하려는 것일까? 아, 이 산책의 방해꾼들!' 스틱을 내려놓고 손등까지 내려온 옷을 걷어붙인다. 다시 자갈을 들어 나를 쏘

아보며 가까이 접근하는 녀석들을 향해 힘껏 던진다. 돌은 멀리 날아가지도 않고, 난 중심을 잃고 휘청거리다가 뒤로 나자빠진다. 나는 안 되겠다 싶어 발걸음을 빠르게 한다. 스틱을 휘휘 돌려가면서 저 멀리 보이는 주황색 건물들 속으로 들어가기 위해 달리고 또 달린다.

15. 쓴맛을 봐야 진짜 인생이지

: 33차 대원들과의 추억

1

나를 의무실로 안내하는 의료대원의 뒷모습은 참 느긋해 보였다. 그의 걸음걸이와 표정에는 모든 것을 이해하고 파악하며 컨트롤할 수 있는 사람만이 가질 수 있는 여유가 스며 있었다. 난 낯선 생활관의 복도를 걸어 그를 따라 의무실로 들어갔다. 이제 내가 일 년 동안 머물 공간에 첫걸음을 한 것이다. 그는 약장이 있는 곳으로 나를 안내해주었다. 그곳에는 의약품들이 칸칸이 분류가 되어 있었고, 약을 담은 박스마다 앞면에 약 이름이 깨끗하게 적혀 있었다. 그는 이곳저곳 흩어져 있는 의료 기구를 보여주며 사용법을 설명해주었고,

직접 시연까지 했다.

그는 휴식 시간에 자신이 그동안 찍었던 펭귄, 물개, 갈매기 사진들과 산책을 하며 카메라에 담은 멋진 풍광 사진들을 보여주었다. 첫날은 의무실 공간을 파악하는 데 시간을 보냈다. 다음 날에는 기지 주변의 건물을 돌며 의약품이나 기구를 살폈다. 비상숙소동, 소형선박동, 기계동, 연구동을 차례로 돌면서 비상시 사용할 의료 물품과 산소통을 확인하고 자동제세동기 위치와 사용법을 파악했다. 또 하루는 컴퓨터 앞에 앉아 의료대원이 숙지해야 할 매뉴얼을 확인하고, 저장되어 있는 자료를 열어 그동안 의료대원들이 해왔던 일들을 엿보기도 했다. 그는 떠나기 위해, 내가 혼자 남았을 때 차질 없이 업무할 수 있도록 아주 세심하게 인계해주었다. 나는 이제 혼자 남아야 하기 때문에 무엇 하나라도 모르는 것이 없도록 그가 있는 동안 물어보고 확인하는 작업을 이어나갔다.

며칠 후, 드디어 33차 대원과 34차 대원이 모두 모여 인계인수식을 했다. 대장님 두 분이 월동연구대의 큰 깃발을 주고받았고, 각 파트의 대원들이 마주 보고 앉아 서류에 사인을 했다. 이제 33차 대원들이 지니던 의무와 책임 그리고 권한이 34차 대원들에게 넘어왔다. 나는 의무실 '월동의료대원용 책상' 앞에 앉아 어떻게 계획을 세워나갈까 고심했다. 책상 왼쪽에 있는 큰 유리창 밖으로는 비가 내리고 있고, 가끔 "후드득 후드득" 창문을 두드렸다. 빗소리를 듣는 동안 이곳이 남극인 것을 잠시 잊는다. 이곳의 여름은 남극 고유의 흰빛, 대지를 덮는 눈과 해빙을 잃은 지 오래된 듯하다. 지금 내가 듣고 있는 낭만적인 빗소리는 어쩌면 '남극의 눈물'일지도 모른다. 이곳에 도착하자마자 하루가 멀게 반복되는 지진도 우리가 감내해야 할 것, 우리가 저지른 일에 대한 책임일 것이다. 고요한 의무실 공간을 가득 메우는 빗소리가 왠지 슬프게 느껴진다.

2

33차 대원들을 위한 송별회가 열렸다. 나도 대원들과 소주 한잔을 나누었다. 이제 이곳을 떠나는 그들은 마음이 편해 보였고 이야기하는 내내 표정이 무척 밝았다. 내가 소주 한 잔을 마시니 앞자리 대원이 다시 내 잔을 채워 준다. 나는 홀짝홀짝 잔을 비우며 그들이 나누는 이야기에 귀를 기울인다. 대원 중 한 명은 머리를 뒤로 질끈 묶었는데, 그 사이로 흰 머리카락이 군데군데 보였다. 피부는 검게 탔고 결이 거칠어 보였다. 일 년 동안의 노고가 묻어 나오는 듯했다.

그들은 한국에 돌아가 먹고 싶은 음식이 무엇인지, 자신이 남극에 오기 전에 어떤 취미생활을 즐겼는지 이야기를 이어 나갔다. 특히 자신의 어린 자녀 이야기를 할 때에는 그리움이 묻어나는 듯했다. 그들은 40여 일 동안 타고 갈 배 안에서 어떻게 하면 지루하지 않고 의미 있게 시간을 보낼까 이야기를 주고받다가 '인문학 토론을 하자'는 제안을 하고, 그 계획에 대해 이야기를 했다. 나는 그들의 얼굴을 바라보았다. 그들의 얼굴엔 집에 돌아간다는 기대와 함께 아직 배를 타야 하는 '고난의 시간'이 남아 있다는 걱정이 어우러져 있었다. "오, 재미있겠는데요!" 난 그들의 이야기에 귀를 기울이다가 맞장구를 쳤다. '이들은 집에 가는구나' 하는 부러운 생각이 들었다.

배에서 내린 지 며칠 되지도 않았는데 난 왜 이리 피곤하고 지치는지 모르겠다. 아마도 78일이라는 긴 항해로 인한 피로와 기지에 도착하자마자 시작된 업무로 인한 긴장, 새로운 환경과 기후에 적응하기 위한 스트레스 때문일 것이다. 나는 일 년치 월동을 마친 사람처럼, 그들과 함께 곧 배에 올라 집에 돌아가야 할 사람처럼 느껴졌다. 나는 빈 잔을 채운 후 다시 한 입에 털어 넣으며 생각했다. '그래, 살아 보자. 쓴맛을 봐야 진짜 인생이지.'

3

33차 대원들이 떠나는 날이다. 아침식사를 한 후 생활관 앞마당을 가로질러 해안 가까이 서서 바다를 바라본다. 바람은 동쪽에서 불어오고, 건너편 위버반도 짙은 갈색 절벽 위에는 하얀 눈이 덮여 있다. 보름 전, 우리를 이곳에 내려준 아라온호는 33차 대원들을 태우기 위해 기지 앞바다에 와 있다. 우리가 인수인계를 하는 동안 배는 인근 바다에서 연구 항해를 하면서 기지 앞바다에도 나타났다 사라졌다를 반복했다. 이제 오늘로 마지막 모습을 드러낸 것이다. 우리와 78일을 함께했던 그 배는 한국을 향한 마지막 여정에 오른다. 그들이 떠나면 우리 17명만 남게 된다. 이제는 우리 스스로 각자 맡은 일을 하면서 기지생활에 필요한 모든 일들을 감당해 내야 한다. 33차 대원들이 해왔듯이 말이다. 이미 일 년을 '산' 사람과 이제 막 도착해 '살아갈' 사람의 간극은 이렇게 큰 것일까? 그들을 보내는 일이 내가 의지하던 누군가를, 아니 엄마를 떠나보내는 것 같으니 말이다.

33차 대원들은 부두로 모이라는 방송이 흘러나오고 여기저기서 무전을 하는 소리가 들린다. 나는 곧바로 생활관 2층 통신실로 올라갔다. 내가 맡은 업무는 통신실을 지키며 아라온호와 무전을 주고받는 일이다. 창가에서 그들이 이동하는 모습을 주시하면서 무전을 한다. 그들이 떠날 때 부두 가까이에서 손이라도 흔들어주고 싶었는데 아쉬움이 남는다. 그들은 구명복을 입고 구명조끼를 걸치더니 금세 부두에서 모습을 감추었다. 잠시 후 아라온호에 접근하고 있는 조디악 안깨알같이 작은 모습으로 나타났다. 일 년 이상을 이곳에 머물던 그들은 너무도 짧은 시간에 이곳에서 사라지고 말았다. 그렇다. 그들은 정말 떠났다. 우리가 내린 배 위에 올라 이제 긴 항해를 시작할 것이다. 40여 일 후에는 거실 소파에 편안하게 등을 기대어 앉아 길었던 여정을 추억하겠지. 건강하게 무사히 도착하기를. 33차 대원들, 모두 안녕!

16. 커피 한 잔

1

커피보다 더 나를 낯선 공간과 친밀하게 연결시켜 주는 것이 있을까? 여행 가방을 숙소에 두고 몸을 가볍게 한 후 거리로 나선다. 챙 모자를 쓴다면 더 근사하게 보일 것이다. 낯선 도시, 낯선 거리에서 내가 가장 먼저 찾는 곳은 어딜까? 카페이다. 커피 한 잔 주문하고 느긋하게 야외 테라스에 앉는다. 코와 입으로 들이마시는 낯선 거리의 냄새. 눈앞에 보이는 건물 지붕, 창문 모양, 출입문의 손잡이도 낯설다. 내가 앉아 있는 테이블과 의자의 모양, 색, 질감도 특이하고 새롭다. 커피 향기를 들이마셔 본다. '흠, 좋은데!' 커피를 마시며 아까 관찰

하던 풍경을 바라본다. 생소하던 공간이 커피 향과 함께하니 조금 친숙하게 느껴진다.

커피 한 잔을 테이블 위에 두고 낯선 풍경을 바라보다 보면 길지 않은 시간이 나를 공간과 이어준다. 커피 맛을 음미하며 그 향과 맛 속에 들어 있는 여행지 특유의 풍미 속으로 들어가는 것이다. 잔과 받침대의 색과 디자인, 질감, 손가락을 끼워 넣는 손잡이의 안정감, 편안함, 무게감을 느끼며 여행지의 개성 속으로 이끌려 들어가는 것이다. 또한 내가 주문한 커피를 쟁반 위에 올린 후 능숙하게 들고 걸어오는 웨이터의 표정과 발걸음, 잔을 테이블 위에 내려놓으며 건네는 목소리와 미소를 통해 그들의 문화 속으로 빠져 들어가는 것이다. 나는 낯선 공간에서 다양한 방식으로 문화를 접하게 됨으로써 그 공간을 나의 공간으로 만들어간다. 어쩌면 이게 커피의 마술 아닐까? 내가 커피를 사랑하기에 커피가 나를 자신의 도시와 연결시켜 주는 마술 말이다.

2

세종회관에는 에스프레소 머신이 있다. 처음 이곳에 도착해 원두 분쇄기와 나란히 놓여 있는 것을 바라보며 기뻐했던 기억이 난다. 기계 옆에는 큼지막한 종이박스가 있는데, 그 안에 원두커피가 가득하다. 총무님이 대원들을 위해 전 세계 유명 산지의 커피를 주문해주셨다. 기지에 도착한 후 한동안 우리는 식사 후에 커피타임을 가졌다. 에스프레소를 마시기도 하고, 뜨거운 물을 섞어 마시거나 우유로 거품을 내어 라떼를 만들기도 했다. 하지만 각자 업무가 바빠지면서 커피를 함께 마시는 일이 드물어졌다. 지금은 자신이 원하는 시간에 좋아하는 방식으로 커피를 마신다.

나는 주말 한적한 시간에 커피 한 잔을 들고 세종회관 창가에 간다. 넓은 유리창 밖으로 보이는 풍경은 내가 들고 있는 커피 잔의 배경이 된다. 햇빛이 찬란한 날에는 흰 눈에 덮인 채 오른쪽으로 길게 뻗어나가는 위버반도와 해안으로 쉴 새 없이 파도를 실어 나르는 마리안소만의 바다가 한 장의 그림처럼 찻잔 뒤에 펼쳐진다. 눈보라가 치는 날에는 창가에 서서 바람이 눈을 끊임없이 횡으로 싣고 지나가는 모습을 본다. 하늘과 바다도 우중충하고, 선명하게 눈앞에 서 있던 위버반도의 진한 흙빛이 흔적도 없이 자취를 감춘다. 갈매기들이 거센 바람을 타고 휘휘 날다가 날개를 접고 물 위에 떠서 휴식을 취하고 있는 동안, 눈보라 속에 빨간 외투를 입고 모자를 두 손으로 누르며 걸어가는 한 대원의 모습은 고독하게만 느껴진다.

어떤 날은 커피 잔을 들고 생활관을 빠져나간다. 철골 계단을 내려가 앞마당에 세워둔 포터와 모하비 두 대의 차량을 지나 자갈을 밟으며 해안 가까이 서면 멀리 필데스반도에서 불어오는 북서풍이 커피 잔을 차갑게 식힌다. 파도가 자갈 위로 쉴 새 없이 거품을 쏟아내고 갈매기가 구슬프게 우는 동안 나는 이미 싸늘하게 식은 커피 한 모금을 마신다. 경사진 곳을 조심스럽게 걸어 내려가 자갈 해변을 밟으며 물 가까이 다가간다. 북서쪽으로는 길게 뻗어 있는 눈 덮인 필데스반도가 보이고, 그 앞에는 맥스웰만의 바다가 드넓게 펼쳐져 있다. 해안 서쪽 멀리 떨어진 곳엔 펭귄 몇 마리가 익살스런 몸짓을 하며 자갈 위를 이리저리 다닌다. 커피 한 잔을 마시는 짧은 시간 동안 나는 그림 같은 풍경 속에서 즐거움을 느끼며 조금씩 이곳 생활에 익숙해져 간다.

3

나에게 커피는 '커피와 함께하는 모든 것'이다. 생활관 2층 나의 방 책상 앞에 앉아 커피를 마시며 니체의 책을 읽는다. 세종회관 창가 쪽 테이블에 총무님과 마주 보고 앉아 마늘을 까다가 커피 한 모금 마시며 소소한 일상 이야기를 나눈다. 운동을 마치고 젖은 옷차림에 목에 수건 하나 두르고 세종회관에 들어와 진한 커피를 내려 마시며 피로를 푼다. 의무실 책상 앞에 앉아 검진 스케줄을 짜는 동안 창을 두드리는 빗방울 소리를 들으며 커피 잔을 들어 올린다. 나는 이렇게 커피 잔 속에 고백하고 싶은 이야기, 담고 싶은 풍경, 해결해야 할 과제, 친숙해지고 싶은 것들을 가득 채우고 나서 그것들을 위한 시간을 번다. 커피 잔 안에 커피를 담고, 내 '핑곗거리'를 담는 것이다.

17. 세종도서관

1

생활관 1층 동쪽 끝에 위치한 도서관 문을 열면 정면에 천장에 닿을 만큼 높고 넓은 큰 철제 책장이 있다. 빈틈이 없을 정도로 책이 가득하다. 표지 색이 바랜 오래된 책이 많지만 군데군데 깨끗한 책도 있다. 그 책장 뒤로 똑같이 생긴 책장이 세 개 더 있다. 모두 양쪽 면으로 책을 꽂을 수 있다. 왼쪽 벽에는 진한 갈색 원목 책장 다섯 개가 나란히 붙어 있다. 한 칸 한 칸 어떤 책이 있는지 유심히 살펴보았다. 철제 책장과 책장 사이가 비좁기 때문에 걸어 들어간 방향으로 서서 얼굴을 한쪽으로 돌린 후 위 칸을 본다. 아래 칸을 보려면 엉덩이를 빼면서 몸을 낮춰야 꼼꼼히 살펴볼 수가 있다. 조금 불편하지만 책장을 살피는 재미가 쏠쏠하다. 문학, 역사, 철학, 심리, 의학, 경제, 정치, 무협, 남극 관련 서적, 만화책, 어학, 취미 등등 종류도 다양하고 양도 방대하다. 대형서점 베스트셀러 코너에서 보던 책도 있고, 내가 이미 읽은 책도 눈에 띈다.

어느 날, 나는 책장 한구석에 꽂혀 있는 누런 표지의 전집을 발견했다. 제목을 훑어보다가 너무 반가운 마음에 미소를 지으며 그중 한 권을 뽑아들었다. 1980년대에 출간된 니체 전집이다. 서울에 있는 내 서재에도 니체의 저서가 있는데, 근래 번역되거나 개역이 된 책들이다. 집에서 몇 권 들고 오지 못한 것이 무척 아쉬웠는데 이곳에서 니체의 저서를 만나다니! 깨알같이 작은 글씨로 적힌 책을 들고 나오면서 출입문 옆 책상 위 대출 장부에 내용을 적었다.

"2021년 4월 18일, 반시대적 고찰, 최영미."

2

나는 '책이 있는 공간'을 사랑한다. 그리고 내가 있는 공간에 '책을 들여놓기'를 좋아한다. 근무가 없는 날 아침이면 언제나 집 근처 빌딩 1층에 있는 서점에 간다. 천장이 높고 한쪽 벽이 전부 유리로 되어 있다. 그 넓은 창가로 긴 책상이 붙어 있는데, 책상 중간중간 사각 스탠드 등이 은은하게 노란빛을 내고 있다. 나는 그곳에 앉아 베스트셀러 코너에서 가져온 책을 펼친다. 창밖으로는 빌딩 앞마당과 그 건너 일방통행로, 식당들이 즐비한 골목이 보인다. 깔끔한 정장차림을 한 사람들이 부산한 발걸음으로 건물 앞을 오간다. 그들 중 일부는 서점 옆 카페로 들어와 밝은 목소리로 대화를 나눈다. 나는 카페에서 흘러나오는 잔잔한 음악을 들으며 커피를 마시고, 책을 읽고 창밖을 보며 여유 있는 시간을 보낸다.

제주로 출근할 때에는 새벽에 일어나 가방을 챙기면서 책한 권을 넣는다. 택시를 타고 공항에 도착해 체크인하고 탑승구 근처 카페에 앉아 가방 안에 있던 책을 꺼낸다. 근무 사이의 쉬는 날에는 올레길 18코스 20킬로를 걸은 후 숙소로 돌아와 피곤한 몸을 소파에 기대면서 책을 편다. 낮에는 제주바다, 오름, 마을 사이를 누비다가, 저녁에는 책을 읽으며 나의 내면을 살피는 것이다.

세종기지에 온 후에도 산책하러 갈 때면 주머니에 호라티우스의 시집을 넣는다. 세종봉을 향해 비탈진 언덕의 큰 돌을 밟으며 걷다가 평평한 돌을 발견하면 그 위에 걸터앉아 책을 꺼낸다. 춥고 바람이 부는 날에는 책을 펴자마자 손가락이 저릿저릿 아파오기 때문에 시 한편 읽고 다시 주머니에 넣는다. 다시 두꺼운 장갑을 끼고, 모자를 당겨 쓰고 바람을 맞으며 기지로 돌아온다. 늦은 저녁, 침대에 누울 때 세종도서관에서 빌린 책을 왼쪽 어깨 옆에 두었다가 잠이 오지 않으면 스탠드를 켜고 누운 채로 책을 읽는다. 책은 언제부터인가 나와 함께 살기 시작했다. 책은 내가 숨 쉬고 있는 공간에 항상 머문다.

3

서울에도 나의 서재가 있다. 내가 사는 아파트 인근에 있는 10평 정도의 사무실이 그것이다. 제주에 살 때, 사들인 책의 양이 많아 서울로 이사를 하면서 아파트 안에 둘 공간이 없었다. 고심 끝에 사무실을 임대해 서재로 사용하게 되었다. 서재는 집에서 걸어서 5분 거리에 있는 건물 5층에 있다. 창밖을 보면 옆 건물과 마주 보게 된다. 두 건물 사이가 넓어 답답하지는 않다. 건물 1층에는 테이크아웃 카페가 있고, 제법 유명한 초밥집도 있다. 또 창밖 마주하고 있는 건물 1층에는 내가 사랑하는 곱창 집까지 있다 보니 서재로 발걸음 할 때마다 '저기를 또 언제 갈까' 하는 즐거운 마음이 들곤 한다.

사무실을 얻자마자 바닥에 장판을 깔았다. 푹신한 감촉의 장판을 주문해 크기를 맞추어 잘라 바닥에 깔고 본드로 이음새를 붙였다. 손이 많이 가고 처음 해보는 일이라 서툴러 이음새가 울퉁불퉁하기도 했다. 하지만 얼기설기 맞추면서 일을 해 나갔다. 책장을 주문해 한쪽 벽에 세웠다. 시중에 나온 책장 중 크기가 제법 큰 것으로 두 개 주문해 나란히 붙여 세웠다. 창가에는 2인용 소파를 두고, 소파 앞에 카펫을 깔았다. 소파 위에는 쿠션과 무릎 덮개를 올려두었다. 정사각형 모양의 책상을 하나 주문해 책장 앞에 두어 책을 꺼내 읽기 좋도록 배치했다. 의자는 집에서 쓰지 않는 것 두 개를 들고 왔다. 마지막으로 책상 옆 벽에는 천으로 된 벽걸이를 걸었다. 초록의 허브가 그려져 있는데, 벽의 차가운 느낌을 가려주면서 안락한 분위기를 만들어주었다. 이렇게 해서 완벽한 내 서재가 탄생하게 된 것이다.

　서재가 있는 5층은 내 방과 바로 옆방을 제외하고는 모두 진짜 사무실이다. 난 그들이 열심히 일하는 동안 느긋하게 책을 읽고, 소파 위에 벌러덩 누워 쿠션을 베고, 무릎 덮개를 덮고 빈둥거리며 쉬기도 했다. 아들이 수학공부 하러 책과 필통을 들고 오는 곳, 딸이 친구들과 1층 카페에서 스무디를 사들고 재잘거리며 찾아오는 곳. 내 서재가 참 그립다.

4

세종도서관에서 빌린 니체의 『반시대적 고찰』을 다 읽고 책장을 덮다가 맨 뒤페이지에 조그만 낱장의 종이로 된 대출 장부를 발견했다. 종이를 빼서 보니 아무것도 적혀 있지 않았다. 그동안 아무도 읽지 않았는지, 읽었어도 장부에 적지 않았는지 모른다. 난 거기에 빌린 날짜, 이름, 반납한 날짜도 기록했다. 문득 다른 책은 누가 빌려 읽었을까 궁금해졌다. 그래서 하루는 니체 전집이 꽂힌 책장 앞에 서서 한 권 한 권 책을 꺼내어 맨 뒤페이지를 펼쳐보았다. '누구의 이름이 적혀 있을까?' 하는 기대에 찬 마음으로 대출 장부를 꺼냈다. 빈 종이도 있지만 이름 적힌 대출 장부도 있었다.

"『비극의 탄생』 89년 3월 12일, OOO. 94년 8월 20일, OOO.", "『짜라투스트라는 이렇게 말했다』 4월 22일, OOO.", "『우상의 황혼』 92년 1월 2일, OOO", "『인간적인 너무나 인간적인』 5월 1일, OOO."

나는 대출 장부를 열어보며 끊임없이 흘러가는 시간 속에서 같은 공간과 책 한 권을 공유하고, 그 안에 담겨 있는 사상을 공유한다는 게 신비로운 일처럼 느껴졌다. 누군지는 모르지만 이름을 적은 그 대원들과 왠지 모를 유대가 형성되는 것을 느꼈다.

얼마 전, 니체의 책 한 권을 또 빌렸다. 월동을 끝내고 나갈 때까지 다 읽지 못할 것 같아 '귀국을 하는 길에 들고 갈까?' 하고 잠시 생각했다. 하지만 장부에 적힌 내 이름 밑에 또 다른 대원이 자신의 이름을 멋지게 적기를 바라는 마음에 그런 생각은 아예 접기로 했다.

18. 기계동 2층

: 남극에서 다이어트하기

1

겨울이 지나고 이제 남극은 여름을 향해 가고 있다. 새벽 3시만 되어도 창밖이 밝아진다. 생활관 현관문을 열고 시원한 새벽 공기를 마신다. 계단을 내려가 마당에 깔린 자갈을 밟는다. 기계동 건물로 가는 길에는 니은 자로 꺾인 두꺼운 온수 배관이 지나는데, 나는 그 위로 설치된 철골 계단 두 군데를 오르내리며 그곳을 통과한다. 기계동 1층 현관문 앞에 도착해 차가운 손잡이를 잡는 순간 남아 있던 잠의 기운이 말끔히 사라진다. 안에 들어서면 2층으로 올라가는 계단이 바로 눈앞에 있다. 계단 발판 사이로 요란한 소음을 내며 돌아가는 발전기가 보인다. 계단은 경사가 심하기 때문에 한 발 한 발 조심해 걸어 올라간다. 2층에 올라가 오른쪽으로 꺾어 복도를 걷는다. 왼쪽에는 세탁실과 탈의실, 샤워실 그리고 유지반 사무실이 이어져 있고, 오른쪽에는 헬스장 넓은 홀이 있다. 홀에서 복도에 면한 쪽으로는 러닝머신 세 대가 나란히 놓여 있고 홀 주변의 다른 공간에는 운동기구들이 즐비하다. 나는 전날 저녁부터 당직을 서고 있는 유지반 대원에게 방해되지 않도록 조용히 탈의실로 들어가 운동복으로 갈아입는다.

헬스장 불을 켜고 벽 한쪽에 자그맣게 뚫려 있는 창문을 밀어젖힌다. 시원한 새벽 공기가 밀려들어 온다. 나는 목에 수건을 하나 두르고 러닝머신 위로 올라간다. 공복 상태의 가벼운 몸으로 천천히 속도를 올리며 걷는다. 무릎과 어깨 관절이 점점 부드러워지고, 차갑게 굳어 있던 몸에 열기가 돌기 시작한다. 60분, 어떤 날은 90분 동안 빠른 속도로 걸으면 온몸이 땀으로 젖고 살짝 피곤함이 느껴진다. 이제 곧 하루의 일과를 준비해야 하기 때문에 더 욕심을 내지 않고 러닝 머신에서 내려온다.

겉옷을 챙겨 입고 계단을 조심스럽게 밟고 내려가 기계동 밖으로 나온다. 다시 두 개의 철골 계단을 넘어 생활관 앞마당 자갈을 밟는다. 생활관 계단과 포터, 모하비 차량 두 대와

국기 게양대를 지나쳐 눈앞에 밝게 펼쳐져 있는 바다를 향해 걸어간다. 나는 해안의 둔덕에 서서 오른쪽을 바라본다. 백두봉 뒤에서 떠오른 해는 이미 마리안소만과 위버반도, 세종기지가 있는 바톤반도를 환히 비추고 있다. 바람은 잠잠하고, 아직 갈매기 떼는 보이지 않는다. 북서쪽으로 길게 이어져 있는 필데스반도는 마치 자기도 봐 달라는 듯이 자신을 덮은 흰 눈을 아침 햇살에 더욱 눈부시게 반사시키고 있다. 부두 근처에 덩그러니 서 있는 세종 1호 선박의 붉은빛은 칙칙한 부두의 풍경을 밝게 만든다. 생활관 앞마당에 깊게 패인 차량의 바퀴 자국은 긴 겨울을 보내느라 꽁꽁 얼어붙었던 세종기지를 생기 있게 만든다. '운동'이라는 하루의 과제 하나를 마무리하고 남극의 아침을 마주하는 일은 무엇으로도 설명할 수 없는 나의 큰 기쁨이다.

2

나는 남극의 새벽을 두드리며 운동하고 있다. 왜 여기까지 와서 이렇게 운동을 열심히 하고 있는 것일까? 셰프가 해주는 맛있는 음식 앞에서 나는 왜 늘 주저하는 걸까? 바로 내가 아픔을 겪었기 때문이다. 내 인생 최고의 체중을 '달성'했을 때 느껴야 했던 아픔 말이다. 바로 2년 전 일이다. 그 당시 주변에 흔하게 널려 있던 체중계 위에 올라가기를 의도적으로 기피했던 것 같다. 체중에 관해서는 언제나 나에게 유리한 쪽으로 생각하려고 애썼다.

'내 체중은 지금 얼마일 거야. 왜냐하면 오늘은 생각보다 많이 걸었기 때문이지.' '요새 맥주를 며칠 안 마셨기 때문에 1킬로그램은 줄은 게 확실해.'

생각은 유리하게 했지만, 몸은 나에게 다른 것을 말하고 있었다. 거울을 보면 늘 명치 부위가 부풀어 있었고, 얼굴 모양과 턱선은 아무리 각도를 잘 잡아보아도 예전 모습이 나오지 않았다. 청바지 후크는 이상하게 자주 망가졌다. 그러던 중 체중계 위로 올라가야 할 일이 생겼다. 밤을 새는 근로자가 의무적으로 받아야 하는 '특수검진'이었다. 체중계를 밟자마자 제로에서 바뀌어버린, 내 몸과 연계된 것이 분명한 체중계 위의 숫자를 바라보면서도 계속 고개를 흔들 수밖에 없었다. '아닐 거야, 아닐 거야.' 하지만 난 이미 알고 있었다. 명치 아래 부풀어 올라 있던 그것이 가스도, 음식도 아닌 지방이었다는 것을. 굶어도, 걸어도 쉽게 꺼질 수 없는 종류라는 것을 말이다. 그 고통스런 현실을 마주한 후 난 결심했다. '얘를 좀 걷어버리자.'

3

아파트 횡단보도 건너편 건물 11층에 있는 피트니스에 등록했다. 딸이 쓰던 회원권을 넘겨받아 트레이너와 상담하고 본격적으로 운동을 시작했다. 한마디로 내 몸은 엉망이었다. 체지방만 문제가 아니었다. 척추와 관절도 없는 사람처럼 온몸이 경직되어 있었다.

몸을 정상으로 회복하는 데 8개월이 채 걸리지 않았다. 체중은 13킬로그램을, 체지방은 반을 줄였다. 명치 밑이 푹 꺼져 있고 턱선이 날카로운 것은 물론이고, 대학생 때도 입어본 적 없는 사이즈의 옷을 입을 수 있게 되었다. 척추도, 관절도 잘 휘고 구부러지고 돌아갔다. 물론 이렇게 되기까지는 쉽지 않았다. 일단 좋아하던 술을 끊어야 했기 때문이다. 또한 식단을 적으면서 하루 영양과 칼로리를 살폈고, 트레이너와 일주일에 세 번은 만났다. 혼자 새벽에 한강공원을 달리고, 제주에서는 올레길을 걸었다. 끊임없는 술과 음식의 유혹을 물리치기 위해 목표로 정한 사이즈의 옷을 사서 벽에 걸어두고 쳐다보며 변화될 나의 모습을 상상했다.

몸이 회복되어 가고 체중이 줄어들수록 성취감과 자신감이 커져 갔다. 나는 그것들을 꼭 붙잡고 나를 격려하는 힘으로 삼았다. '이 짓을 도대체 왜 하고 있는 거지?' 하는 생각이

들 때마다 그 물음 자체를 발로 걷어찼고, 가족이나 주변 사람들에게 이해 받지 못해 고독할 때도 많았지만 내가 감당해야 할 운명인 양 꿋꿋하게 지속해나갔다.

4

목표를 달성한 후엔 그것을 지키기 위해 새로운 목표를 세워야 한다. 어쩌다 한 번 큰맘 먹고 해본 일로 끝나지 않기 위해서는 인생을 걸어야 하는 것이다. 다시 다이어트의 목표를 이렇게 세웠다.

'내 나이라면 보통 수긍하고, 허용되고, 용서되는 체형과 생활방식에서 과감하게 탈피하자.'

어쩌면 이 목표는 내 삶의 다른 영역 목표와 동일하다. 한마디로 '늘 새로워지는 것'이다. 독서, 공부, 운동, 악기를 시작하는 것도 이전의 나와 다른 내가 되기를 바랐기 때문이다. 늘 새로워지기 위해서는 '그 정도면 됐어' 하는 생각을 없애야 한다. 끊임없이 시도하고 변하려고 애쓰는 것, 바로 내 삶의 목표이자 내 다이어트의 목표이다. 그러기 위해 내 몸에 적당량의 에너지를 들이고, 그것으로 불태우자. 내 몸을 '타지 않을 연료'를 저장하는 창고로 만들지 말자. 늘 에너지가 들락날락해야 활기가 넘치지 않겠는가. 게으름 피지 말고 나이를 거스를 수 있다는 것을 보여주자. 그러면 내게 선물이 주어질 것이다. 가벼운 걸음걸이와 한결 좋아진 옷태, '내 몸을 컨트롤할 수 있다'는 자신감이 바로 그것이다.

나는 그 선물을 기대하며 수건 한 장 들고 생활관을 나선다. 자갈을 밟고 긴 배관 위 철골 계단 두 개를 넘어 기계동 2층으로 향한다. 오늘 하루만 잘하기로 했다. 오늘 하루 식사, 오늘 하루 운동, 오늘 하루 인내. 내일의 것은 내일 잘하면 되니까.

19. 남극의 셰프

: 마늘과 알리오올리오

1

그와는 배에서 마주치는 일이 아주 드물었다. 파도가 거의 없는 날에 — 바다에서 파도가 거의 없는 날은 거의 없다 — 어쩌다 한 번 식당에서 만났다. 그는 멀미가 아주 심했다. 아침식사를 함께하던 그날, 나는 주방 가까운 테이블에 앉아 식사를 하고 있었고, 그가 음식 접시를 가지고 내 앞에 앉았다. 나는 그에게 안부를 물었고, 그는 괜찮다고 대답을 했지만 썩 좋아 보이지 않았다.

어느 날, 점심식사를 하러 내려온 그의 오른쪽 눈썹 가장자리에 거즈가 붙어 있었다. 무슨 일이냐고 물었더니 상처가 좀 났다고 했다. 처음에는 긁힌 상처라고 단순히 생각했다. 나중에 그의 룸메이트인 대원에게 들으니 계단을 내려가다가 배가 흔들리면서 계단 손잡이에 얼굴을 부딪쳐 눈썹 가장자리가 찢어졌고, 의무실에 가서 봉합치료를 받았다는 것이다. 배에는 선의船醫가 계셨기 때문에 내가 조치할 수 있는 상황이 아니어서 상세한 내용은 모르고 있었던 것이다.

하지만 그는 우리 세종기지 대원이다. 게다가 대원들의 '생존'을 책임지는, 어떻게 보면 의사보다 더 중요한 업무를 맡은 대원이기 때문에 걱정을 안 할 수 없었다. 다행히 상처 외에 다른 후유증이 없는 듯해 안심했다. 그와 가까이 지내는 대원에게 듣기로는 그는 사고 이후로 신기하게도 멀미가 사라졌다고 한다. 상처가 멀미와 어떤 관련이 있는지 모르겠지만, 현상 자체, 즉 찢어진 상처 부위에 나일론 달린 바늘이 몇 번 왔다 갔다 한 이후부터 파도치는 날에도 한결 편해 보이고 또 식당에도 자주 나타나는 현상은 어느 누구도 부인할 수 없었기 때문에 그 근거를 설명할 이유조차 필요 없게 되었다.

2

세종기지에 도착한 후로는 모두들 자신에게 주어진 업무로 바빴다. 특히 주방은 늘 어느 업무보다 바쁘게 돌아가고 있다. 셰프가 하는 일은 '멈출 수 있는' 성질의 것이 아니기 때문이다. 평일에는 17명을 위한 식사를 매 끼니 준비하고, 주말에도 공식적인 업무는 아니지만 밥과 반찬은 떨어지지 않도록 미리 준비해두어야 하기 때문이다.

물론 대원 전체는 주방 일에 직접, 간접으로 관여를 한다. 명절이 되면 음식 장만하는 일을 돕기도 하고, 금요일 회식 때에는 대원들이 돌아가면서 주방 일을 돕는다. 테이블 위에 인덕션을 가져다두고 술안주를 세팅하는 일을 한다. 평일에는 설거지 당번이 있다. 대원들이 식사 후에 싱크대 설거지통에 그릇을 넣어 두면 당번이 식사를 마친 후 닦는다. 셰프가 휴가를 받은 날에는 — 어느 날 휑하게 비어 있는 배식대를 보며 당황하지 않도록 셰프의 휴가를 미리 확인해야 한다 — 요리하는 것을 즐기거나 혹은 즐기지는 않지만 모두를 위해 기꺼이 자신의 시간과 정성을 들일 줄 아는 몇몇 대원들이 주방에 들어간다. 칼을 들고 양파를 썰고 마늘을 다지고, 둥글고 아주 큰 프라이팬 손잡이를 잡고 고기를 볶는다.

3

하루는 총무님이 공지방에 "마늘을 까고 싶은 사람은 식당으로 모이라"는 글을 올렸다. 나는 시간에 맞춰 마늘을 까기 위해 식당으로 내려갔다. '음식 하는 일을 돕지 못하니 이 거라도 해야겠다'는 생각이 들었다. 게다가 마늘은 아주 중 요한 음식재료 아닌가. 여섯 명 정도 모였다. 우리는 한 테이 블에 둘러앉아 통마늘을 깠다. 한 시간도 안 되어 스테인리 스 통 안에는 꽤 많은 마늘이 쌓였다. 마늘 까기 첫 모임을 마 친 후 남은 통마늘은 라면박스에 담아 식당 창가 앞 테이블 에 올려두었다.

나는 식당에 들락날락하면서 가끔 마늘이 담긴 박스를 쳐 다보았다. 왠지 다 마무리하지 못한 숙제를 넣어둔 것처럼 마 음에 걸렸다. 어느 날 수요체육회 시간에 '오늘은 운동을 하 지 말고 저것을 좀 해결하자' 마음먹었다. 마리안소만과 위버 반도가 잘 내다보이는 테이블에 통마늘 열댓 개를 가져온 후 과도와 스테인리스 통을 들고 자리 잡고 앉았다. 그런데 뭔가 빠진 듯했다. 마늘만 까고 앉아 있기에는 풍광이 너무 멋있었 다. 에스프레소 머신에서 커피 한 잔을 내려 들고 왔다. 완벽 했다. 마늘 하나 까고 커피 한 잔 마시고 풍경도 한 번 내다보 면서 느긋하게 일을 시작했다. 우선 통마늘을 큼직하게 나눈 후 형태도 다양하고 상태도 다양한 마늘 하나하나를 잘 살 펴 가면서 망가진 부위는 과도로 잘라냈다. 상태가 괜찮은 녀 석들은 꼭지를 떼고 잘 다듬어 통에 바로바로 넣었다. 또 테이블 위 껍질을 모아 다른 통에 넣어가면서 일을 했다. 그러다 보니 어느 순간부터 커피도 안 마시고, 풍경도 안 보고 마늘만 까는데도 지루하지 않았다. 시간이 어떻게 흘러가는지 모를 정도였다. 마늘 까는 데 너무 집중해서 그랬을까? 아니, 마늘 까는 일을 진짜 숙제처럼 해서 그런 것일까? 일을 다 마치고 나니 세 시간이 흘러 있었고, 입은 바짝 말랐다. 그제야 갈매기가 마리안소만 해안가 하늘을 날다가 자갈 위에 내려앉는 모습이 눈에 들어왔다. 내가 품고 있던 고민도 생각나지 않는 시간, 마늘을 까기 전까지 무엇을 했는지 생각나지 않는, 아니 생각할 필요조차 없는 이 시간이 난, 참 좋았다.

4

셰프는 세 시간 동안 가득 채운 스테인리스 통을 보고 좀 놀란 표정을 짓더니 고맙다는 말을 하며 주말 원하는 시간에 알리오올리오를 만들어주겠다고 했다. 나는 마늘을 까면서 이미 '유용한' 무언가를 얻었기에 덤으로 선물을 받는 기분이 들었다. 어쨌든 거절할 이유는 없었다. 난 '언제 음식을 해달라고 할까' 하고 머리를 굴리며 마늘통을 내려놓은 후 주방을 빠져나왔다.

3일 후 토요일 오전, 그에게 "오늘 점심에 먹을 수 있을까

요? 아니면 내일 아점도 좋습니다"라고 문자를 보냈다. 아무래도 마늘 가득한 통을 들여다볼 때의 감동이 그에게 아직 남아 있을 때 요리를 해달라고 하는 게 좋을 듯했다. 그런데 대답이 없었다. 곰곰 생각해보니 전날이 회식이었다. '회식 다음 날인데 좀 쉬게 놔둘 걸' 하는 생각이 들었다. 어쨌든 그 날은 지나갔다. 다음 날인 일요일 아침 10시 조금 못 되어 그에게서 문자가 왔다. "조금 있다 내려오시면 됩니다." 나는 기쁨의 미소를 지으며 그의 말대로 '조금 있다가' 냉큼 내려갔다. 식당 안은 오일과 고소한 마늘 냄새가 가득했다. 셰프는 요리를 마무리하고 있었다. 그는 넓고 흰 접시에 면을 예쁘게 돌돌 말아 담아 나에게 가져다주었다. 그 냄새를 맡고 한 대원이 부리나케 식당에 내려왔다. 셰프는 예약도 하지 않고 쳐들어온 손님을 위해서도 알리오올리오를 만들었다. 나는 2인분 분량을 남김없이 먹었다. 내 앞의 손님도 내 것보다 더 많은 양의 요리를 아주 조금 남기고 다 먹었다.

20. 인생은 비극이다

1

"OO 어머니, 담임입니다. 아직 OO이가 등교하지 않아서요. 휴대폰도 받지 않고. 어머니께서 전화 좀 해보시겠어요?"

6월 초 월요일 저녁, 9시가 조금 못 되어 담임선생님으로부터 전화를 받았다. '또 늦잠을 자는구나!' 하고 생각했다. 전화를 끊자마자 집에 전화를 했다. 아무도 받지 않았고, 아들의 전화는 꺼져 있었다. 나는 집안일을 도와주시는 이모에게 전화를 해서 아들을 깨워 달라 부탁을 하고 끊었다. 얼마 안 있어 "OO이 학교 잘 갔습니다. 좀 늦어서 제가 차로 데려다주었어요"라는 이모의 문자를 받았다. 난 안심했다. 하지만 아직 안심하기에는 너무 일렀는데, 그날 선생님의 전화는 내 '비극'의 시작을 알리는 종소리에 불과했기 때문이다.

중학교 2학년인 아들은 그 이후로 등교 주간과 원격수업 주간 동안 간간이 수업에 늦거나 빠지는 일을 반복했다. 담임 선생님의 전화와 문자가 계속 왔다. 나는 그때부터 12시간 시차가 나는 남극에서 아들이 등교하거나 수업에 들어가는 시간인 9시 전후로 전화를 받기 위해 저녁 9시 전후의 시간에는 아무것도 하지 않았다. 혹시라도 급하게 올지도 모르는 선생님의 연락을 받기 위해 '대기'했다.

집에서 아주 멀리 떨어진 곳에서 선생님의 연락을 받으면 집 전화, 이모 전화 또는 아들 전화로 아들과 연락을 시도했다. 남편은 바쁜 업무로 인해 바로바로 전화를 받지 못하기 때문에 담임선생님은 그가 못 받으면 나에게 바로 전화를 하셨다. 아들과 연락이 닿으면 그 이후 학교에 잘 갔는지, 원격 수업을 잘 듣고 있는지 확인하는 작업을 이어갔다. 이런 일을 하는 것이 어려운 일은 결코 아니다. 단지 어떤 이유로 아들이 평소와 다른 행동을 하는지, 그동안 무슨 일이 있었는지 알 수 없는 상황이 너무 답답할 뿐이었다. 그것도 한두 번이 아니라 자주 반복되는 것을 보며 머릿속이 엉망진창이 되어 버렸다. 남편도 하루가 멀다 하고 선생님으로부터 날아오는 카톡과 전화에, 아들과 이야기를 나누어도 잘 해결되지 않는 상황에 괴로워했다. 아들의 이유를 알 수 없는 행동은 시간이 흐를수록 점점 심해졌다. 어느 순간부터는 학교와 관계된 일은 아예 손을 뗐다. 밤에 잠도 자지 않고 게임을 한 후 새벽부터 오후 늦게까지 잠을 자는 일이 매일 반복되었다. 평소 같으면 이모가 오시는 날엔 이모와 이야기도 하고 말을 잘 듣던 아이가 밥 먹으라고 불러도 대답도 하지 않고 방문을 잠근 채 식사도 건너뛰었다.

2

어느 날, 아들이 하루 종일 방에서 나오지 않는다는 이모의 전화를 받고 노심초사하고 있는데, 조금 있다가 이모의 문자가 왔다.

"OO이 할머님이 오셨어요. 할머니가 오시니까 방문도 열고 할머니 보고 우네요. 외로웠나 봐요."

나도 울고 싶었다. 아니, 문자를 받고 울었다. 나도 모르게 눈물이 쏟아졌다. 아들을 외롭게 한 내가 죄인이었다. 내가 쌀쌀맞게 대한 나의 엄마가 해결사였다. 이번에도 나는 엄마한테 졌다. 며칠 후 엄마로부터 전화를 받고 알게 되었다. 내가 죄인이라고만 생각하고 있었는데, 남편도 죄인이었다. 엄마 말씀에 의하면, 아들이 남편하고 싸워 무언가 자존심 상해 반발심에 '막 살았다'는 것이다. 엄마의 이야기를 듣고 남편도 크게 잘못했다는 것을 알게 되었다.

하지만 나의 책임이라는 것이 있는 것이다. 남편도 혼자 아이 둘을 챙기느라 힘들 테고, 혼자 일을 잘 해결하려다 아들과 싸우게 된 것이다. 그러니 나도 책임으로부터 자유로울 수가 없었다. 나는 심한 죄책감에 사로잡혔지만 엄마가 오셔서 아들을 챙기고 있으니 조금은 마음이 놓였다. 얼마 후 엄마는 아예 춘천에서 짐을 싸 서울로 오셨고, 내가 귀국할 때까지 손주를 챙기고 집안일도 도우면서 살겠다고 선언하셨다.

나는 우리의 이야기가 해피엔딩으로 끝나는가 보다 생각했지만 착각이었다. 비극의 시작을 알리던 종소리 이후 이제 막이 올랐을 뿐이다. 한동안 할머니가 해주시는 음식도 잘 먹고, 대화도 잘하고, 학교에 잘 가던 아들은 다시 '할머니 이전'의 상태로 되돌아갔다. 엄마와 남편이 온갖 방법으로 대화를 시도하고 이유를 파악하려고 했지만 늘 한결같이 '알 수 없는 상황'으로 끝났다.

그런 일이 반복이 되면서 엄마와 남편은 수시로 나에게 자신들의 근심을 이야기했다. 그러는 동안 엄마와 남편 사이에 새로운 갈등도 생겼고, 난 점점 절망 속으로 빠져 들어갔다.

시간이 흐를수록 남극에서의 삶은 '비극'으로 변해가고 있었다. 고통스러웠다. 아들은 무엇 때문에 잠을 자지 않고 아빠와 할머니에게까지 반항하면서 모든 것을 내려놓고 지내는 걸까. 그동안 내가 아들을 안고 소파에 앉아 동화책을 읽어주고, 수영장, 바닷가에서 물놀이를 하고, 백두산에 올라가고, 바람 부는 서귀포 한 초등학교 운동장에서 배드민턴을 치면서 웃고 즐기던 모든 일들이 물거품이 된 것 같았다. 엄마는 서울에 가신 지 두 달 지난 어느 날 다시 짐을 싸 춘천으로 돌아갔다. "OO아, 할머니 간다"고 손자의 방문을 두드리다 목에 메어 사랑하는 손자 얼굴도 제대로 보지 못하고 가신 것이다.

3

"나는 당신이 왜 거기 있는지 모르겠어."

어느 날, 체념과 원망이 섞인 남편의 전화를 받고 "왔으니까 있지!"라는 대답을 반사적으로 할 뻔했다. 나도 내가 왜 남극에 왔는지 고통스러운 마음으로 묻고 또 묻고 있는 중이었다. 빙벽과 유빙을 매일 쳐다보고, 바람과 지진에 흔들리는 건물 2층 구석 방에서 잠을 청하며, 태양이 단 몇 시간도 머무르지 않는 어둡고 깊은 남극의 겨울을 지내고 있던 중에, 1

만 7천 킬로미터 떨어져 있는 아들의 방황과 가족의 갈등을 바라보고 있노라니 나도 내가 왜 여기 있는지 알 수 없게 되어버린 것이다.

그럼에도 난 더 머물러야 한다. 무려 반년을 더 말이다. 복수일까? 밀어붙이듯 한 '나의 결정'이 나에게 하는 복수일까? 내가 남극으로 출발할 즈음 딸은 사춘기를 다 겪은 후 정말 어여쁜 중3 여학생이 되었다. 아빠와 엄마 말다툼을 중재할 정도로 그 나이 또래의 아이들보다 더 현명했다. 그런데 막 중학교에 들어간 아들이 아빠와 엄마에게 반발하는 모습을 보이기 시작했다. 그때 난 사실 두려움을 느꼈다. 10개월 넘게 지속된 딸의 사춘기를 경험하며 오랫동안 깊은 고뇌에 빠져 살았기 때문에 조짐이 보이는 아들의 사춘기가 두려웠던 것이다.

'아들도 나를 힘들게 하면 어쩌지?' 하는 생각을 하던 중, 아들의 사춘기 때문만은 아니었지만 난 남극의료대원 모집에 지원서를 냈다. 그 후 면접을 보고 합격통지를 받았으며 결국 남극에 왔다. 난 내가 바라던 일을 하려고 이곳에 온 동시에 아들에게서 도망친 것이다.

만약 복수라면, 단지 그 결정 때문만일까? 살아오면서 아이들에게 준 상처는 어떻고? 남편하고 갈등하는 동안 우리가 모른 사이에 아이들이 받았을 불안은 없었을까? 이 집 저 집 이사 다니면서 아이들의 평온한 생활을 방해하지 않았던 가? 제주 생활을 정리하고 서울에 와서도 미련이 남는다며 혼자 제주로 날아가 근무 마치고 올레길 즐기느라 아이들에 게 온전한 관심을 주지 못한 건 아닌가? 나는 아이들이 걱정 하는데도 '괜찮다 괜찮다' 하면서 에볼라 바이러스가 득실거 리는 아프리카로, 여진이 계속되는 네팔 땅으로 짐을 싸서 떠 났던 것이다.

4

'그래, 죽자. 차라리 죽어버리자. 내가 지은 모든 잘못을 책 임지자. 아들을 저렇게 만든 건 나다. 아들을 살맛 안 나게 만들어놓고 난 여기서 뭘 하고 있는가. 아들을 밤낮으로 게 임에만 빠지게 만든 것은 나다. 부여잡을 희망조차 없게 내 가 만들었다.'

옷을 마구 주워 입고 밖으로 나갔다. 눈발이 섞인 바람이 거세게 불고 있었다. 바람에 등 떠밀리듯 서쪽 세종곶을 향 했다. 누군가에서 도망치는 사람처럼 해안 자갈 위를 달렸다. 바람은 더 거세지고 파도는 해안으로 거세게 몰아치고 있었 다. 자갈길이 점점 물에 가까워지면서 파도의 거품이 내 발로 튀어 올랐고, 장갑을 끼지 않은 손이 저려왔다. 주머니에 손을 넣고 걷기 시작했다. 왼쪽에 호수가 나타나면서 바다 사이의 길이 더 좁아져 천천히 걷는데, 저 앞 오른쪽 해안에 스쿠아 두세 마리가 머리를 조아린 채 무언가를 먹는 모습이 보였다. 그 옆을 지나가다가 소스라치게 놀랐다. 스쿠아들이 작은 펭귄 한 마리를 사정없이 뜯어먹고 있었던 것이다. 화가 치밀었다. '불쌍한 펭귄을 먹어?' 그놈들의 모습에 질려 얼굴을 돌리고 서둘러 지나쳐 가려는데 스쿠아 두 마리가 길을 막고 서 있었다. 난 화가 나 그놈들을 향해 돌을 던졌다. "이놈들아, 꺼져!" 하지만 그놈들은 내가 던진 돌을 피하더니 하늘로 날아올라 오히려 나를 공격하기 시작했다. 갑자기 열 마리가 넘는 스쿠아가 떼거지로 몰려와 아주 낮게 비행을 하며 내 얼굴 가까이까지 접근했다. 나는 돌을 집어 던지고 또 던졌다. 바람은 외투 모자를 뒤집어 벗겨 놓았고, 눈발이 얼굴을 사정없이 치고 지나갔다. 요란한 파도소리가 내 주위를 감쌌다. 나를 중심으로 빙글빙글 도는 녀석들은 돌을 한꺼번에 두세 개 던져도 도망칠 생각을 하지 않았다. 돌을 집느라 몸을 접었다 폈다 하니 허리가 아팠고 기운이 빠져 후들거렸다.

"좋아, 계속 덤벼 봐! 내가 여기서 죽으면 네놈들 때문에 뼈밖에 못 추릴 거다. 너희들이 내 몸뚱이를 저 펭귄처럼 게 걸스럽게 먹도록 하지는 않을 테다. 그런 즐거움을 너희들에게 주지는 않을 테다!"

어느 때보다도 어깨를 격렬하게 흔들어가며 던지고 있는데, 어느 순간 녀석들이 하나 둘 사라지고 없었다. 동쪽에서 불어오는 바람만이 내 몸을 휩쓸고, 머리 위 공간을 가득 메우고 있었다. 나는 정신을 차린 후 기지 방향을 쳐다보았다. '혹시 누군가 나를 봤을까, 내가 미친 사람처럼 몸을 뒤흔드는 모습을 봤을까' 하고 살펴 봤지만 다행히 밖에 나와 있는 사람은 아무도 없었다. 난 시린 손을 대충 털고 얼른 주머니에 넣었다.

그때 오른쪽에 무언가가 있는 게 느껴졌다. 바다 쪽을 향해 얼굴을 돌리니 자갈 둔덕 위에 펭귄 다섯 마리가 일렬횡대로 서서 나를 쳐다보고 있는 게 아닌가! 내가 몸을 뒤흔들며 마구 돌을 던지던 곳에 꼼짝도 않고 서 있었던 것이다. 나에게 고마움을 표시하듯, 나를 응원하듯 자신들의 흰 배를 내 쪽으로 드러내며 말이다. 펭귄들은 호시탐탐 자신들을 잡아먹으려고 낮게 비행하는 스쿠아들에게서 벗어나 잠시 평온한 순간을 맞이한 듯했다. 나는 앞으로 걸어가며 중간중간 녀석들을 돌아보았다. 얼마간은 내가 움직이는 방향으로 흰 배를 드러내던 녀석들이 한참 걷다가 뒤를 돌아보았을 때에는 파도의 흰 거품 속에서 익살스러운 몸짓으로 놀고 있었다.

바람이 세종곶을 돌아 남쪽으로 걸어가고 있는 나를 바다 쪽으로 거세게 떠민다. 나는 아랑곳하지 않고 저 멀리 보이는 밝은 갈색의 절벽을 향해 걸어간다.

5

그래. 이게 지옥이라면 그냥 통과하자. 고통의 무게에 눌려 주저앉지 말자. 그냥 고통과 함께 걷자. 고통이 나에게 거는 말에 귀 기울여 보자. 고통과 대화하면서 그것이 어디로부터 온 것인지, 앞으로 어떻게 해야 할지 방법을 찾아보자. 그리고 이 시기가 지나면 — 과연 지나지 않는 시간이 있겠는가? — 고통이 나에게 주는 의미를 찾을 수 있을 것이다. 고통과 더불어 가야 한다. 멈추지 말아야 한다. 그것이 궁극적으로 고통을 극복하는 길이고, 그 안에서 나를 '나답게', 아니 어쩌면 내가 생각했던 것보다 조금 더 나은 나를 만드는 길이다.

모든 것이 나의 책임이라고 하더라도 나의 삶을 꾸려나가야 한다. '창조적인' 일을 지속해나가야 한다. 고통을 재료 삼아 자신이 하던 일에 열 배의 힘을 가해야 한다. 미처 내 안에서 들어낼 수 없었던 것까지도 찾아내야 한다. 나 자신을 갉아먹고 손상시키면서 연자 맷돌을 끌어안고 물에 뛰어들어서는 안 된다. 비극의 주인공이 된 나를 멀찍이 떨어져 바라봐야 한다. 고통의 양이 많을수록, 그 무게가 무거울수록 그 안에 파묻히는 대신 객관적으로 살필 줄 알아야 한다. 그러다 보면 가능성이 보이고 희망이 보일 것이다.

아들의 고귀한 성품을 믿자. 지금은 아주 작게 보일지라도 불씨가 되어 다시 활활 타오를 때까지 믿음을 가지고 기다리자. 기다림이야말로 부모가 아들을 위해 기꺼이, 아니 기쁘게 할 수 있는 일이 아니겠는가. 또 하나, 이럴 때에 6살이던 아들, 수천 미터 상공 기내에서 숨 쉬지 못하던 그 아들을 소환해야 한다. '네가 살 수만 있다면! 제발 살아다오!' 그 외에 어떤 것도 소망하지 않았던 때와 다시 한 번 마주해야 한다.

'아들아, 건강하게 지내만 줘. 내가 바라는 건 그것뿐이야. 우리 일단 만나서 얼굴 좀 보자. 둘 다 건강하게 만나자. 우리 둘 다 어릴 적 죽음을 한 번씩 맛보지 않았니? 우리가 이 두 번째 인생을 이렇게 헤매면서 망한 인생처럼 살고 있다면 우리 다시 한 번 죽었다 생각하자. 지금부터 세 번째 인생을 살자. 내가 너에게 용서를 구하는 길은 세 번째 인생에서 또 다시 너의 엄마가 되는 방법밖에 없는 것 같다. 아들아, 나를 좀 받아다오!'

21. 헤어짐을 준비하며

1

이른 아침, 통신실에서 내려다보이는 풍경은 고요 자체다. 파도가 없는 날을 보는 일은 아주 드문데, 오늘이 그런 날이다. 바람이 수면 위를 살짝 건드리며 부드럽게 지나가고 있다. 그런데 한 시간도 안 되어 바람이 조금씩 세게 불기 시작하더니 아침 10시 순찰을 돌 때에는 바람에 눈발도 섞여 있다.

바람을 맞으며 천천히 걸었다. 구명조끼 보관동으로 가는 중에 부두에 갔다. 유빙이 몰려와 해안을 가득 메우고 있다. 제법 큰 유빙도 있다. 흐린 날씨에 부두에서 바라보는 풍경은 강렬하면서도 쓸쓸하다. 멀리 필데스반도를 덮은 눈이 흐린 날씨에도 선명하게 빛난다. 부두 건너편의 위버반도는 눈에 덮이면 윤곽이 더 뚜렷하다. 위버반도의 왼쪽 끝은 거북이 머리 두 개가 있는 것 같은 형상인데, 두 개의 머리 중 짧은 하나는 마치 다른 하나의 머리와 거리를 두려는 듯 살짝 우리 기지 쪽을 향해 있다. 두 개의 머리를 시작으로 경사가 지고 높아지다가 오른편으로 길게 이어진다. 그러다가 허리춤에서 휘면서 우리 기지가 있는 바톤반도로 부드럽게 연결이 된다. 휘어지는 허리 부위에 깊은 만灣을 형성하면서 빙벽을 품고 있다. 오늘처럼 흐린 날씨에도 빙벽의 옥색빛은 영롱하다.

부두에 서서 이 풍경들을 바라보다가 다시 구명조끼 보관동으로 향한다. 보관동 문을 열고 들어가 물이 새는 곳은 없는지, 난방은 잘되는지 둘러본다. 문득 많은 날들을 발걸음 했던 곳이지만 사진으로 제대로 남긴 적이 없다는 생각이 들었다. 문 밖에서 내부 풍경을 찍고, 다시 안으로 들어와 열린 문밖으로 보이는 마리안소만과 부두의 풍경을 담았다. 다음 순찰지를 향해 가다가 문득 구명조끼 보관동 옆에 세워져 있는 세종 2호 선박의 모습이 정겨워 사진에 담는다.

2

오늘은 순찰 코스를 돌면서 나의 추억을 사진에 담았다.

배관을 넘는 계단에서, 연구동과 생활관 사이 가스저장고와 배수시설 앞에서, 총무창고에서, 역사관동 건물 아래 빈 공간을 통해 보이는 호수와 관측동과 넬슨 섬을 바라보며 말이다. 그리고 헬리데크에 서서 필데스반도를 바라보며 추억을 더듬었다. 그동안 참 많이 보아온 세종기지의 길과 건물, 풍경들. 이제 이 모든 것을 떠나 한국으로 돌아간다고 생각하니 익숙하다고 생각되던 풍경들이 문득 낯설게 느껴진다.

생활관 계단을 오르며 계단 위에 쌓인 눈발을 내려다보았다. 그렇다. 이제 얼마 후면 이 눈도 밟지 못할 것이다. 이런 아쉬움과 그리움 때문에 사람들이 일 년 동안 힘든 생활을 한 후에 다시 이곳을 찾아오고 싶은 마음이 생기는 거겠지? 어쩌면 망각이 인간에게 주는 선물일지도 모른다. 그 선물을 받아 들고 다시 이곳을 방문했을 때, 추억이 떠오르면서 같은 경험을 하기도 하고, 이전과는 다른 추억을 쌓아가기도 하는 것이다. 나는 과연 어떨까. 추억을 쉽게 던져버리지 못하는 나는? 이곳이 그리울 것이다. 가장 힘들었던 경험조차 부드럽게 만들어버리고 다시 이곳을 찾을지도 모른다.

3

1월 16일, 이곳에 도착해 곧 떠나야 하는 지금까지의 시간은 나에게 어떤 의미일까. 산책을 하며 마주한 풍경, 돌을 던져 쫓아낸 스쿠아, 기지 앞 펭귄, 부두 주변 갈매기의 구성진 울음소리, 해안을 거닐다 척추와 깃털만 남은 펭귄의 사체를 묻어준 일, 부두에서 커피 한 잔 들고 필데스반도를 바라보며 명상에 잠기던 이곳의 생활이 나에게 어떤 의미를 줄까. 난 무엇을 배웠을까. 아니, 꼭 무언가를 배워야 할까. 이곳에 머물다 가는 일 자체가 의미 있는 건 아닐까. 그저 여기에 머물면서 부딪힌 하나하나의 작은 일들이 나의 일 년을 만들었다는 것 자체가 의미 있는 게 아닐까. 그러는 동안 남극의 자연이 내게 던지는 물음에 답하기 위해 궁리해나가는 자체가 좋은 경험이지 아닐까.

인간이 살아 움직이고 있듯이, 생각과 감정, 관계도 움직이고, 새롭게 변화하기 때문에 끊임없는 변화 속에서 마주하는 것들은 늘 동일하지 않다. 내가 변화하는 동안 만나는 풍경은 이전에 의미하던 것들과 다른 의미로 나에게 다가오는 것이다. 내가 이곳에 첫발을 디딘 날의 풍경은 이제 내게 남아 있지 않다. 해안에서 처음 만났던 펭귄이 그저 남극에 와야 볼 수 있는 신비한 동물을 의미했다면, 지금은 고마운 감정을 전달할 줄도 아는 '섬세한 감성의 이웃'으로 다가온다. 남극의 긴 겨울 동안 태양도 사라지고 눈보라만 휘몰아치던 날들을 함께하던 남극 갈매기의 울음소리는 나에게 주는 '따뜻한 위로'가 되었다.

모든 것이 물리적으로도 이전과 똑같을 수 없다. 자갈 하나라도 파도가 칠 때마다 위치와 방향이 조금씩 변할 수밖에 없으니까. 위버반도를 덮는 눈도 한 뭉텅이 덮개가 아니라 작은 눈발 하나하나가 모여 만들어낸 형상이기에 매 순간 변할 수밖에 없다. 이렇게 나도 변해가고, 풍경도 변해가면서 새로워지기도 하고, 퇴색하기도 하는 것이다.

사람과의 관계도 마찬가지다. 호감이 가다가 실망하고 그러다가 깊이 이해할 수 있는 관계로 변하기도 한다. 이곳에서 보낸 일 년이라는 기간은 남극의 자연도, 나도 그리고 나와 함께한 다른 사람들도 변화한 시간이며 성숙해진 시간인 것이다.

22. 바톤반도

: 우리의 트레킹 이야기

1

　우리 다섯 명은 1시에 세종온실에서 만나기로 했다. 민수와 재민이 세종온실 계단에 앉아 우리를 기다리고 있었다. 민수는 붉은 원피스 작업복에 파란 배낭을 메고 있었고, 재민은 단체복 상하의에 검은색 배낭을 멨다. 나는 아까 식당에서 두 사람이 자신들의 가방에 맥주와 라면, 김밥과 과일 그리고 물과 간식거리를 가득 넣는 모습을 보았다. 나는 날씨

● 작가를 제외하고 다른 사람들은 가명이다.

가 맑아 옷을 좀 가볍게 입고 나왔는데, 그들의 옷차림을 보니 조금 춥게 입은 것 같아 걱정이 되었다. 하의는 레깅스 위에 기모바지를 겹쳐 입었고, 위에는 긴팔 옷 두 개를 입은 후에 단체복 상의를 입었고, 흰 챙 모자를 쓰고 검은색 선글라스를 끼고 나왔다. 세종온실 안에서 나온 현주는 군청색 원피스 작업복에 손에는 등산 스틱을 하나 들고 있었다. 문득 나도 스틱이 있으면 좋겠다는 생각에 현주에게 하나 달라고 했더니 자신의 것을 내게 건네주고 나서 하나 더 챙기러 총무창고로 향했다.

상진은 아직 오지 않았다. 재민과 민수가 먼저 출발한다기에 나도 함께 출발했고, 기지를 한참 벗어나 해안도로를 걷고 있을 때 뒤에서 상진과 현주가 나타났다. 현주는 큰 목소리로 "체육관동에서 맥주 한잔 하고 가자"고 소리를 질렀다. 출발하자마자 맥주를 찾는 그의 장난기에 기분이 유쾌해졌다. 난 손에 들고 있던 등산 스틱이 거추장스러워 체육관동 문 앞에 세워두고 다시 걸었다.

우리는 세종봉을 바라보며 걸었다. 나는 안전화를 신고 있었는데, 아무래도 신발이 헐거운 느낌이 들어 오르막이 시작되는 언덕 초입에서 신발 끈을 고쳐 맸다. 신발 내측에 있는 지퍼를 올리고 단추도 잠갔다. 좀 더 탄탄해진 느낌이 들어

훨씬 걷기가 편했다.

바위 사이사이에는 초록 풀들이 가득했다. 조금 더 걸으니 풀은 사라지고 바위가 점점 커지기 시작했다. 바위를 밟고 올라가는 일은 쉽지 않았다. 길이 나 있는 곳도 아닌데다가 돌이 자연스럽게 흩어져 쌓여 있는 터라 층이 촘촘하지 않고 중간중간 빈 공간이 많아 밟으면 무너져 내렸기 때문이다. 민수와 재민은 왼쪽으로 우회하더니 이미 저 멀리 경사진 능선 위에 모습을 드러내며 세종봉 쪽으로 이동하고 있었다. 상진은 우회하지 않고 직선으로 경사를 올라가겠다고 하여 나와 현주도 그를 따랐다. 상진이 저만큼 올라가더니 돌이 자꾸 미끄러져 위험하니 자신이 있는 쪽으로 오지 말라고 한다. 현주는, 민수와 재민은 이미 올라갔고 상진은 자기 쪽으로 오지 말라고 하니 우리가 왔던 길을 다시 내려가 언덕 오른쪽으로 돌아 낮은 지대를 통해 백두봉으로 가자고 제안했다. 나도 현주의 제안이 더 안전하겠다는 생각이 들었다. 결국 우리 다섯 명은 두 팀으로 나뉘어 가게 되었다.

2

현주와 나는 세종봉 오른쪽 평평한 계곡을 따라 포터소만 쪽으로 걸어가면서 틈틈이 왼쪽 봉우리 중턱에 서 있는 세 사람을 지켜보았다. 마치 꼬물꼬물 움직이는 개미처럼 보였다. 정상에 한참을 머무르더니 그들 중 민수가 현주에게 무전을 해서 채널 6번으로 맞추라고 한다. 현주는 채널 6번으로 맞춰 민수와 몇 마디 농담을 하더니 각자 어느 방향으로 나아갈 것인지에 대해 이야기를 나누었다. 우리는 백두봉으로 올라가지 않고 가던 길을 계속 가기로 했다. 나머지 세 사람은 백두봉을 찍고 포터소만 쪽으로 가겠다고 했다.

현주와 나는 다시 걷기 시작했다. 조금 있다가 현주는 갈증은 나는데 물이 다 저쪽에 있다고 투덜거리더니 눈을 먹겠다고 한다. 눈 윗부분을 조금 걷어내고 손으로 집어 먹었다. 나도 눈을 조금 맛봤다. 대륙의 찬 기운을 고스란히 머금고 있어 정말 차가웠다. 입에 넣자마자 바로 뱉었다.

우리가 걷는 길 절반은 눈에 덮여 있고, 절반은 돌이 고스란히 드러나 있었다. 왼쪽으로는 세종봉에서 포터소만으로 향하는 능선이 우리보다 높고 멀리 위치해 있었다. 오른쪽으로는 낮은 봉우리 몇 개가 부드럽게 이어져 있었다.

발밑 돌들은 종류도 다양했다. 진한 갈색의 반질반질한 돌은 밟으면 아주 탄탄한 느낌이 들었다. 어떤 돌은 건물 일부에서 떨어져 나온 콘크리트 조각처럼 각이 지고 회색빛이 났다. 그런 돌은 발에 조금만 힘을 줘 밟으면 쉽게 깨져버렸다. 주황색 돌도 있었다. 주황빛이 돌 전체에 고르게 배어 있지 않고 마치 물감을 여기저기 칠하다 만 것처럼 보였다. 돌 구경하면서 걷다 보니 계곡의 경사가 조금씩 높아져 갔다. 멀리 보이던 하늘과 맞닿은 언덕 꼭대기에 드디어 올라섰을 때, 눈앞에 아주 넓은 돌밭이 펼쳐져 있었다. 돌밭 맨 앞쪽 끝 너머로 포터소만과 아르헨티나기지가 자그맣게 눈에 들어왔다. 서남쪽으로 바다가 보이는데, 부드럽게 맞닿은 바다와 하늘 경계 위로 수평선을 따라 붓으로 가로그린 듯이 연한 보라, 연두, 노란빛들이 층층이 이어져 있었다. 평평한 대지에 펼쳐진 돌들은 동그랗고 큰 자갈 정도의 크기여서 밟고 지나가기에 불편하지 않았다.

현주와 나는 풍경을 즐기며 걸었다. 우리는 잠시 잊고 있었던 개미들을 떠올리며 왼쪽 능선을 바라보았다. 그들은 아직 백두봉에서 출발하지 않았는지 보이지는 않았다. 멀리 앞쪽으로는 높은 둔덕이 우뚝 솟아 있었다. 현주가 거기에 올라가자고 제안했고, 나도 궁금해 서둘러 걸어갔다. 그곳의 둔덕은 아주 높지는 않지만 올라갈수록 점점 돌이 커졌고, 맨 꼭대기에는 큰 바위만 가득했다. 그중 제법 평평한 바위를 밟고 서니 포터소만이 푹 꺼져 내려앉은 듯 보였고, 주변의 풍광은 더 넓게 펼쳐져 있었다. 깊게 안쪽으로 바닷물을 끌어

당기고 있는 포터소만과 소만 가장 안쪽의 푸른빛 빙벽과 빙벽 위쪽 불쑥 고개를 내민 원뿔 모양 봉우리, 소만의 포터 반도 쪽으로 자리한 아르헨티나 칼리니기지, 소만 초입에 진한 잿빛을 띠며 우뚝 솟아 있는 삼형제봉, 그 봉우리 주변에 흩어져 있는 작은 바위섬들이 한눈에 들어왔다. 그때 갑자기 스쿠아 한 마리가 현주를 공격하듯이 가까이 다가왔다. 현주가 스틱으로 막자 그 녀석은 우리 왼쪽 바위 위가 자신의 보금자리라도 되는 양 앉아 꼼짝도 하지 않고 얼굴을 여러 번 우리 쪽으로 돌리며 경계했다.

현주와 나는 잠시 휴식을 취하다가 조심스럽게 둔덕을 내려가 포터소만으로 깊게 뻗어 있는 눈 덮인 길을 걸었다. 눈을 밟으니 발목까지 빠졌다. 우리가 한 발 내딛을 때마다 "뽀드득" 소리가 나며 발자국 모양이 눈 속 깊이 찍혔다. 그 길은 포터소만을 향해 직선으로 뻗어 경사져 있었다. 위에서 내려다보이는 모습은 스키장 꼭대기에 서서 바라보는 것과 같은 아찔한 풍광이었다. 아까 모습이 보이지 않던 나머지 세 명도 이제는 능선을 따라 움직이고 있었다. 우리 쪽으로 내려오는 것이 아니라 포터소만을 향해 가고 있었다. 현주는 세 명이 우리를 향해 오지 않자 무전으로 "빨리 이쪽으로 오라"고, "오이 달라, 물 달라"고 징징거리고 있었다. 우리가 처음에 세종봉으로 가지 못하고 코스를 변경하는 바람에 먹을 것이 전부 저쪽으로 가게 되면서 조난을 당해도 먹을 것이 없는 상황이 되어버린 것이다. 그렇게 두 팀은 각자 한참을 내려갔다. 이제 포터소만과 아르헨티나기지, 빙벽과 빙벽 위 원뿔 모양의 봉 우리와 소만 입구 잿빛 삼형제봉이 점점 가까워지고 있었다.

3

우리는 드디어 만났다. 멀리 떨어진 두 길이 가까워지다가 하나가 된 것이다. 평평하고 넓은 바위가 있어 우리는 거기에 자리를 잡았다. 재민은 가방에서 물과 오이, 상진은 김밥, 민수는 맥주를 꺼냈다. 현주와 나는 꺼낼 게 아무것도 없었기에 먹고 마시기만 했다. 그들은 백두봉에서 현주와 나와 함께 사진을 찍지 못한 것을 무척 아쉬워했다. 현주와 나는 물과 오이가 없는 것이 아쉬웠을 뿐인데 말이다. 재민이 만든 김밥은 정말 맛있었다. 현주가 세종온실에서 정성껏 키운 오이는 달고 수분이 가득했다. 맥주 한 캔은 피로를 단숨에 씻어주었다.

두 팀이던 우리는 이제 하나가 되어 출발했다. 나는 맥주를 마셔 다리가 살짝 풀려 처음에는 천천히 걷다가 경사가 조금씩 심해진 곳에서부터는 빠르게 아래로 내달렸다. 경사 아래 끝에는 길이 끊긴 듯이 보였는데, 그 끝에서 어떻게 저 멋진 소만의 해안으로 길이 이어져 있을까 궁금했기 때문이다.

길의 끝에 이르니 그저 소만 해안으로 경사가 더욱 심할 뿐이었다. 발을 조심스레 디디고 내려가기에 충분했다. 포터 소만의 해안은 세종기지 앞 마리안소만의 해안처럼 폭이 좁지는 않았다. 자갈뿐만 아니라 가는 모래도 깔려 있었고, 그 사이로 소만을 향해 물길이 나 있었다. 평온하면서도 생동감이 있는 곳이었다.

모래를 밟으며 휘어져 흐르는 물길을 뛰어넘어 빙벽 가까이 갔다. 넓고 높은 벽처럼 편편하게 좌우로 펼쳐진 빙벽은 그 아래 고인 물에 고스란히 자신의 모습을 담아내면서 두 배 깊게 모습을 드러내고 있었다. 잠시 서서 바라보는 동안 빙벽 일부가 떨어지면서 요란한 소리를 냈다. 빙벽을 왼쪽에 끼고 돌아 소만에 가까이 다가가니 커다란 덩치의 바다코끼리가 길게 누워 있었다. 녀석은 몸을 움직이지 않고 있다가 경계하는 듯 우리 쪽으로 고개를 돌렸다.

이곳저곳을 둘러보는 동안 다섯 명 모두 모이게 되었다. 우리는 다시 빙벽 가까이 이동한 후 두 번 다시 볼 수 없을지도 모를 이 진기한 풍경을 담아두기 위해 함께 사진을 찍기로 했다. 빙벽 앞에 흩어져 있는 유빙 중에서 마음에 드는 것을 골라 그 앞에서 혹은 옆에서 포즈를 취했다. 이곳을 떠나 각자의 자리로 돌아가면 언제 다시 만날지 알 수 없는 헤어짐을 아쉬워하며 한참을 그렇게 서 있었다.

우리는 포터소만을 떠나 삼형제봉을 등지며 걸었다. 넓은 해안 여기저기 바다표범과 바다코끼리가 누워 있었다. 한참을 걸어가니 둥근 돔 모양의 비상대피소가 나왔다. 세종기지에서 설치한 대피소다. 밝은 주황색이라 눈에 잘 띄었다. 데크 위에 설치해 바닥에서 높게 떠 있었고 안에 들어가니 아늑하고 제법 따뜻했다. 둥글게 휘어진 벽 가까이 간이용 침대 두 개가 기역자로 붙어 있고, 중앙에 작은 나무 테이블과 캠핑용 의자 네 개가 놓여 있었다. 재민과 민수, 상진은 가방 안에 남아 있던 음식을 전부 꺼냈고, 우리는 의자에 앉아 음식을 먹으며 이야기를 나누었다.

열린 문 밖으로 눈발이 보이기 시작했다. 눈이 조금씩 각도를 틀고 내리는 속도도 빨라졌다. 바람 소리도 들렸다. 기지에 돌아가 할 일이 있던 재민과 민수가 먼저 출발하기 위해 일어났다. 상진과 현주와 나는 조금 뒤에 출발하기로 했다. 나는 사과를 하나 먹었고, 상진은 과자를 먹었다. 현주는 간이용 침대 위에서 두 발을 뻗고, 두 손은 배 위에 깍지를 낀 채 편안히 누워 있었다.

4

다시 길을 나섰다. 우리 셋은 여전히 해안을 따라 걸었다. 또 하나의 작은 대피소를 만나 잠시 쉬다가 드디어 펭귄마을에 도착했다. 거기에서는 일단 경사진 곳을 올라가야 했는데, 더 이상은 해안으로 길이 없었기 때문이다. 경사진 곳은 온통 눈으로 덮여 있었다. 좌우로 넓고, 위로는 그리 높지 않았다. 펭귄들이 넓게 진을 치고 뒤뚱거리며 올라가고 있었다. 녀석들은 양다리를 벌린 채 두 발끝을 바깥쪽으로 향하게 한 후 양쪽으로 날개를 쫙 펴고 발의 이동에 맞춰 춤을 추듯 좌우로 날개와 온몸을 뒤흔들어가며 경사진 길을 한 발 한 발 오르고 있었다. 한참을 올라가다가 미끄러져 내려오는 녀석들도 있었지만 대부분은 꼭대기까지 잘 올라갔다. 펭귄도 올라가는데 나라고 못할까 하는 마음으로 경사를 천천히 밟기 시작했다.

경사는 밑에서 본 것보다 훨씬 심했다. 눈은 축축한데다 펭귄똥을 머금었는지 밝은 갈색을 띠고 있었는데, 발은 자꾸 미끄러지고 손으로는 짚고 싶지 않아 올라가는 속도가 나지 않았다. 결국 나는 현주가 뻗어준 스틱 끄트머리를 잡고 겨우 올라갈 수 있었다. 어렵사리 올라간 펭귄마을 왼쪽으로는 바다가 시원하게 내려다보였고, 마을을 통과하는 동안에는 부화하기 위해 알을 품고 있는 펭귄들을 볼 수 있었다. 펭귄들은 둥글고 단단하게 쌓아올린 돌무더기 안쪽의 움푹 팬 곳에 들어가 알을 품고 있었는데, 몸을 앞뒤로 길게 늘인 모습으로 앉아 있었다. 그 옆에 있던 펭귄 한 마리는 돌무더기 위에 방금 자신의 입에 물고 온 돌을 얹었더니 다시 돌을 가지러 가는지 부지런히 아까 걸어왔던 길로 되돌아갔다.

　길을 가다가 깨진 채 뒹굴고 있는 알도 여러 개 발견했다. 그 안에는 아무것도 남아 있지 않았다. 상진과 이구동성으로 "스쿠아가 먹었겠지"라고 말했다. 그것을 증명이라도 하듯 오른쪽 높은 언덕 위 펭귄 옆에 능청스럽게 서서 입에 알을 물고 있는 스쿠아 한 마리가 보였다. 우리는 그런 모습들을 보면서 펭귄들의 서식지를 조용히 지난 후 다시 해안을 향해 경사가 급한 곳에 이르러 밝은 갈색 똥 눈을 밟으며 천천히 걸어 내려갔다.

　이제 해안은 바위로 된 울퉁불퉁한 길이다. 조금 걷다 보니 바위 언덕이 나왔다. 알바트로스 서식지인데, 알을 품는 시기이기 때문에 아주 조심해야 했다. 우리가 조금이라도 공격하는 듯한 모습을 보이면 녀석들은 알을 보호하려고 사람을 공격하기 때문이다. 나는 덩치가 크고 부리가 휜, 알을 품고 있으면서도 고개를 연신 이리저리 돌리며 사람을 경계하고 있는 어미새를 조심스레 피하면서 언덕을 통과했다.

5

20분쯤 걸었을까. 주황색 기지 건물이 보였다. 몇 시간 전부터 아프기 시작한 새끼발가락은 이제 신발을 스치기만 해도 아팠고, 온몸이 차갑게 얼어 있었다. 우리는 관측동 건물 사이로 빠져나와 기지로 이어지는 길로 들어서 드디어 연구동 앞에 도착했다. 현주와 상진은 세종온실 쪽으로, 난 경사진 왼쪽 길로 내려가 생활관으로 향했다. 이제 생활관 계단 아래 둥근 플라스틱 통에 담긴 물에 신발 밑창을 툭툭 적셔 닦아내며 길었던 여행을 마무리한다. 여행의 끝은 언제나 피곤하고 춥고 여기저기 아프다. 그 여정에 내가 경험한 것들이 나에게 가득 담겼다는 것을 의미할 것이다. 지치지 않은 여행은 여행이 아니다. 여독으로 인해 며칠을 평소보다 더 힘들게 지낸다 해도 의미가 있는 것이다.

방에 들어와 지친 다리를 쉬며 나와 함께한 동료들을 떠올린다. 무거운 짐을 등에 메고도 다 같이 모여 앉아 음식을 나눌 생각을 하며 묵묵히 걸었던 성실한 나의 동료들을 말이다. 나와 긴 시간을 함께 걸으며 오이 달라고, 물 달라고 징징거린 대원은, 한때 배 안 내 옆방에 살면서 오랜 시간 반복해

울리던 알람소리를 진득하게 참아내고도 나에게는 "아무 소리도 안 들렸다"고 말해준 착한 '용의자'인 것이다. 그는 오이와, 상추, 수박을 멋지게 재배해 세종기지의 식사를 풍성하게 만들어준 장본인이다.

또한 수천 년 수만 년 동안 인간의 발길이 한 번도 닿지 않았을 돌과 바위에 내 발이 닿던 순간을 떠올린다. 내 입에 잠시 머물던 눈, 내 발에 밟힌 눈, 포터소만 초입에 덩그러니 서 있던 삼형제봉, 빙벽을 고스란히 자신에 담아 두 배로 크게 비추어주던 작은 호수, 해변에 늘어지게 누워 있던 바다코끼리와 바다표범, 경사진 언덕을 온힘을 다해 오르던 펭귄들, 펭귄 옆에 능청스럽게 서서 펭귄이 품던 알을 자신의 입에 물고 있던 스쿠아, 바위 언덕 위에서 알을 품고 큰 부리로 우리를 경계하던 알바트로스를 생각한다. 이곳을 떠난 후 오늘 일은 나에게 어떻게 기억이 될까. 나는 오늘을 어떤 '의미'로 부르게 될까.

여행하는 인간 : 낯선 것을 갈망하는 인간에 대하여

1

사람들이 자신이 머물던 공간과 관계를 떠나는 이유는 다양하지만 '여행하는 인간', 즉 낯선 것을 갈망하는 인간이 여행하는 이유는 뭘까? 떠나야 살맛이 나기 때문이다. 떠났다 돌아와야 계속 살아갈 맛이 나기 때문이다. 여행을 생각할 때는 밥맛도 없다. 여행을 준비하며 온 정신과 에너지를 쏟는다. 여행하는 동안에는 그 고단한 과정을 즐긴다. 또 다녀와서는 추억을 되새김질하는 맛으로 살아간다. 그리고 종아리에 알이 풀리기도 전에 또 다른 여행을 궁리하고, 준비하고, 떠난다. 여행하는 인간은 '움직여야 생기가 도는' 인간이다.

여행하는 인간은 궁금한 것은 참지 못하고, 몸소 부딪혀야 직성이 풀린다. 익숙해진 것에 싫증을 내고, 위험한 환경에 스릴을 느끼며, 걷고 운전하고 배를 타고 비행기를 타면서 외로워지는 시간을 사랑한다. 고독 속에서 온전한 자유로움을 느끼고, 마음대로 되지 않는 상황에서 인내하고, 힘든 순간에도 도움의 손길을 만나리라 믿는다. 처음 맞닥뜨리는 상황을 극복하면서 인간의 강함을 몸소 체험하고, 새로운 맛과 향과 재료의 음식을 거부하지 않고, 키도 피부색도 억양도 눈빛도 다른 사람들 안에 어우러져 기쁨을 발견하는 그런 사람이다. 그것이 부모로부터, 또는 조상으로부터 받은 유전자 때문이든, 아니면 살아가면서 형성된 것이든 간에 그런 사람은 떠날 수밖에 없는 것이다.

2

나 또한 여행하는 사람이다. 낯선 곳과 낯선 사람 속에서, 그리고 예측할 수 없는 환경 속에서 생기가 돈다. 난 어쩌다 이렇게 되었을까. 타인의 도움과 간섭 없이 내 의지대로 결정하고, 성공하든 실패하든 도전해보려고 하는 '자유 본능'과 한군데 머물지 않고 늘 떠날 마음의 준비와 새로운 것에 적응할 준비를 하며 살아왔던 어릴 적 환경이 어우러져 생긴 것일까.

어딘가 오래 머무르면 이런 의문을 가지게 된다.

'지금 이럴 때인가? 다른 곳에서 찾을 수 있는 무언가를 놓치고 있는 것은 아닐까? 더 넓은 곳, 더 풍부한 관계가 바로

저기 있는데, 더 이상 신선함을 느낄 수 없는 이곳에 묻혀 '가능성'을 놓쳐버리는 것은 아닌가?'

그리고 짐을 싼다. 이제는 이것만큼 능숙한 일도 없다. 어떠한 장소도 내가 그곳에 편안히 안주하려는 느낌이 드는 순간 불편해진다. 어떠한 관계도 조금씩 깊어질수록 나를 구속하는 느낌이 들어 그 끈이 더 조여지기 전에 풀어버리는 것이다. 어쩌면 내가 벗어나려고 하는 것은 장소도, 관계도 아니라 그것에 묶이려고 하는 나 자신인지도 모른다. 나는 나에게 떠밀려 떠나는 것이다. 멀리 떨어져 나와 '새로운 나'를 시작한다. 이것이 나에게 힘을 주고 삶을 희망하게 만들고 있는 것이다.

3

떠났던 나는 다시 돌아온다. 새로운 내가 되어 돌아온다. 내가 만나는 것들은 이전과 다르지 않지만 새로운 나는 그것을 다르게 볼 줄 안다. 익숙해진 풍경이 나에게 감흥을 주지 못할 때, 잠시 나의 시각을 차단하고 이전의 감정을 차단한 후 다시 눈을 뜨면 그것들이 '다른' 것으로 느껴진다. 떠남으로써 잊고 있던 참신한 것을 다시 볼 줄 알게 된다. 마치 오랜만에 이전 살던 장소에 방문했을 때 내가 여행자라도 된 것처럼, 그때는 모르던 것들을 새로이 알게 되고, 잊었던 것들을 떠올리게 되는 것처럼 말이다. 이렇게 시간을 두고, 거리를 두고 관계를 잠시 중단하는 것이다. 늘 그랬던 것에서 벗어나야 제대로 볼 수 있다. 그렇다. 낯설어야 참모습을 볼 수 있다. 낯설게 함으로써 그 속에 있는 소중한 것을 찾아낼 수 있는 것이다.

4

여행하는 인간, 낯선 것을 갈망하는 인간은 낯섦 속에서 즐거움을 발견하고, 이전의 나와 다른 나의 모습을 추구하고, 다시 돌아왔을 때 늘 있었던 나의 보금자리에서 소중한 것들을 발견한다. 낯섦 속에서 진실한 것을 볼 수 있다는 것을 알기에 나에게 익숙한 것을 낯설게 하기 위해, 그리고 낯설게 되었을 때 내가 처음에 보았다가 놓쳐버리고 만 소중한 것을 다시 찾기 위해 나는 떠나는 게 아닐까. 너무도 익숙해져 좋은 것을 더 이상 찾을 수 없는 대상을 포기하지 않기 위해 그것으로부터 떠나고 또 떠나고 있는 것은 아닐까. 새로운 것, 진실한 것, 나에게 의미를 주는 것을 다시 찾기 위해서 말이다.

남극산책
−너무 멀리 가는 건 여행이 아닐지도 몰라

1판 1쇄 발행 2023년 7월 25일
지은이 최영미
발행인 도영
표지 디자인 씨오디
내지 디자인 손은실
편집 및 교정 교열 최정원
발행처 마레책방 등록 2023-000154
주소 서울시 마포구 동교로 142, 5층(서교동)
전화 02) 909-5517
Fax 02) 6013-9348, 0505) 300-9348
이메일 anemone70@hanmail.net
ISBN 979-11-983865-0-2 03810

© 최영미